토닥토닥 괜찮아

김 아델라 수필집

문학의식

차례

3부

4부

일러두기

책에 쓰인 인명, 지명 등은 외래어표기법에 따랐으며 일부(사투리/방언 포함)는 저자의
의도를 반영해 예외로 두었다.

1부

모자母子의 장례식

2023년 2월 11일. 특별하고 보기 드문 장례식장에 들어선 사람들의 얼굴은 엄숙했다. 엘리와 그녀의 아들 마르코 신부님의 장례식이 한날한시에 치러지고 있었다. 나는 엘리의 영전 앞으로 다가갔는데. 그녀가 먼저 나를 보고 씨익 웃는다. 나를 반기는 엘리의 웃는 얼굴이 사진이라는 걸 깜박 잊을 정도로 그녀의 미소는 평상시와 다를 바 없었다.

노환으로 고생하시던 그녀는 암 투병 중이시던 사제가 돌아가셨다는 소식을 아무도 전해드리지 않았는데도 아들이 본향으로 돌아갔음을 어떻게 아셨을까? 그녀는 1주일 후 아들을 따라 세상의 끈을 놓아버린 것이다. 그래서 한날한시에 장례식을 치루면서 두 분을 보내드리고 있었다.

사제는 평소 젊은이들을 사랑했다. 그 때문인지 많은 젊은이들이 모여들었고, 그 가운데 한국에서 온 사위도 함께 있었다. 큰딸은 결혼 전부터 마르코 신부님과의 관계가 특별했으므로 가족 대표로 하루 장례식을 위하여 미국을 방문한 것이다.

엄숙한 장례식 과정을 지켜보면서 나는 두 분과의 인연을 더듬어 33년 전으로 돌아가고 있었다.

1989년 5월 20일.

대한민국을 떠나 로스앤젤레스 공항에 도착했다. 나를 데리러 온 자동차는 공항을 빠져나와 고속도로로 진입했고, 양옆으로 늘어선 유두화가 하얀, 핑크, 빨강 빛들로 각기 다른 꽃들이 어우러진 듯 피어있었다. 그 꽃들이 한국에서 본 유두화보다 훨씬 커보여서 입이 저절로 벌어졌다.

내가 미국에 도착하여 제일 먼저 눈에 들어온 것이 꽃이라니, 한국에서 꽃집을 경영했던 내 입장에서는 당연한 일이었을 것이다. 나는 휘둥그레진 눈과 저절로 벌어진 입을 금방 다물지 못했다.

한국에서 유두화는 겨울을 나지 못하기 때문에 월동을 하기 위해서는 온갖 정성을 다해야 이듬해 꽃을 볼 수 있었다. 차를 타고 계속 달리는 내내 유두화의 끝없는 행렬은 나를 반겨주는 것 같았다.

나중에 안 일이지만 유두화는 독이 있어 두더지나 동물들이 먹지 못하여 고속도로 양옆의 길을 보호하기 위해 심고 가꾸는 꽃이었다.

내가 처음 도착한 곳은 하시엔다라는 도시였다. 남편이 이곳에서 아들 한 명과 동생가족과 함께 살고 있었다. 남편의 살림은 수저 한 벌도 없는 형편이어서 놀라움보다는 어이가 없었다. 남편은 한국에 들어와 미국으로 가지고 올 짐을 정리하는 내게 살림살이는 다 필요 없다고 했었다. 그 말만 믿고 생활용품 한 개도 가져오지 않았다. 살림살이로는 아무것도 없는 집안을 돌아보며 축 늘어진 어깨를 추슬러 보려고 애썼지만 눈앞은 점점 아득했다.
내가 서울에서 부친 짐은 꽃꽂이 학원에서 함께 교실을 쓰던 등공예반에서 만들어준 소파 세트와 그림 몇 점, 그리고 도자기가 전부였다. 그 짐이 도착하려면 한 달은 기다려야 했지만 그 짐이 도착한다 해도 살림에 도움이 될 것은 아무것도 없었다. 눈앞에 펼쳐진 현실이 앞으로의 일을 예시해주는 것 같아서 더욱 암담했다. 도대체 미국 생활을 어디서부터 시작해야 할지 머리가 지근거릴 정도로 고민이 쌓여갔다.

우리 부부는 재혼한 부부였다. 남편에게는 열네 살짜리 아들 한명이 있었고 내겐 데려올 두 딸이 있었는데, 여덟 살짜리와 아홉 살짜리였다. 그 아이들은 우선 내가 먼저 들어와서 상황을 보고 데려오려고 한국에 두고 왔다. 그런데 와서 보니 생각보다 사태가 심각했다. 그렇다고 다시 한국으로 돌아갈 형편이 아니었다. 미국으로 들어오는 과정을 잘 모르는 나는 8개월을 준비하고 기다리는 동안, 하던 일을 미리 정리하느라 가지고 있던 돈을 거의 써버린 상태였기 때문이다.

1개월 만에 짐을 찾아놓고 우선 한국으로 들어가 아이들을 데려와야 했다. 이렇게 된 이상 아이들이라도 함께 있어야 마음이 놓일 것 같아 서둘러 한국행 비행기를 탔다.

인천에 도착한 나는 친정어머니께 먼저 전화를 했다.
"엄마 저 공항이에요. 애들 데리고 가려고요."
"나는 널 믿었다. 천이 천말하고 만이 만말 해도 나는 믿었다. 네가 애들 데리러 올 것을."
나는 가슴이 뭉클했다.
"무슨, 믿기는 뭘 믿어요. 엄마도 나 안 믿었으면서."
흑, 엄마의 흐느낌이 들렸다. 사실은 나도 나를 믿지 못

했다. 미국이 부산에서 서울도 아니고….

내가 떠난 후, '아이들을 데리러 못 온다', '아니, 온다' 등 이웃사람들에게 엄청난 화제가 되고 있었는데, 내가 나타났으니 엄마로서는 감격의 눈물이라도 쏟아내실 듯 흥분이 쉬 가라앉지 않으셨다.

사실 친정어머니보다 더 걱정을 많이 하신 분은 아이들의 친할머니셨다고 했다. 아이 아빠가 일찍 하늘나라로 떠난 뒤 아이들의 할머니가 아이들을 돌보고 계셨는데, 그 며느리가 미국으로 재혼하여 떠나버렸는데, 그 며느리를 어떻게 믿을 수 있었겠는가. 돌아오지 않을 것이라는 생각이 더 굳었던 건 당연했으리라.

처음에 미국으로 아이들을 데리고 간다 했을 때는 여러 가지 불평을 하셨다.

"아이들을 못 보게 하려고, 미국까지 데려간다는 거야?"

이상한 억측도 하셨지만 한 달 반을 데리고 계시면서 많은 걱정을 하셨는지, 내가 떠날 때의 심정과는 많이 다른 태도를 보이셨다. 아이들에게 엄마 말 잘 들으라는 당부까지 하시면서, 두 말없이 아이들을 내 주셨다.

아이들을 데려갈 모든 준비를 끝내고 친정집에 인사를 하러 가면서 그동안에 정리한 돈과 짐들을 친구에게 맡겨놓고 떠났다. 시골 친정집까지 다녀오고 주변에 인사도 끝냈다. 이제 홀가분한 마음으로 떠날 수 있다는 생각이 마음을 착잡하게도 했지만 나는 마음을 독하게 가다듬었다.

이제 완전히 고국을 떠난다는 생각에 마음은 더욱 가라앉아 다른 생각은 전혀 없었다. 이제 친구한테 가서 돈과 짐을 찾아서 아이들과 떠난다는 생각뿐이었다. 새로운 환경을 만들어 줄 아이들을 보면서 가슴 벅찬 희망으로 발걸음도 가벼웠다.

친구 집에 들어선 나는 그동안 고마웠다는 말을 하고, 맡겨둔 돈을 달라고 했다. 그런데 친구는 어정쩡한 몸짓으로 책장 서랍을 열더니 뒤적이다 말고 나를 보더니 돈이 없단다.

"이상하다? 분명 여기에 두었는데, 어디 갔지?"

돈 두었다는 곳을 더듬더듬 더듬는 친구를 보면서 내 가슴은 탔다.

"왜 그래, 무슨 소리야?"

"분명히 여기 뒀는데 없어." 친구는 어눌한 목소리를 내면서 고개만 살래살래 흔들었다.

"돈이 없어졌어."

친구의 말에 나는 넋이 나갔다.

"남편이 돈 냄새를 맡고 가지고 달아났나봐."

기가 막혀 말문이 막혔다. 하늘이 노랗고 다리가 휘청거렸다. 공항으로 가야 할 시간은 조급한데, 다른 방법을 강구해봤지만 아무런 대책이 없었다. 어쩌랴, 출국 날짜를 미룰 수도 없었다. 나는 아무 말 없이 그냥 아이들을 데리고 공항으로 출발했다. 비행기를 타고서야 고국을 떠났다는 실감은 했지만 머릿속이 텅 빈 듯 아무 생각이 없었다.

미국에 도착한 나는 남편한테 먼저 잃어버린 돈에 대하여 이야기를 했다. 남편의 반응은 놀라움에 말이 없다가 몹시 화가 난 듯 주먹을 쥐었다 폈다 하다가 밖으로 뛰쳐나가고, 나는 두 딸을 껴안고 한동안 묵묵히 그 자리에 서 있었다.

남편의 행동에 화가 난 게 아니고 미안함이 앞섰기 때문에 죄인처럼 할 말이 없었다. 내 입장이라도 남편의 행동은 당연하다는 생각이었다. 당장 나가라고 쫓아내지 않은 것만도 다행이어서 감사한 마음뿐이었다.

누구라도 아이 둘을 데리고 재혼하여 온 여자가 빈털터리라고 생각진 않았을 것이다. 어이없는 반응은 당연하다는 생각이었다. 남편 역시 어느 정도의 지참금은 있는 줄 알았던 것 같아서 더욱 몸 둘 바를 몰랐다. 재혼하겠다면서 빈털터리로 아이 둘만 달랑 데리고 온 여자라니, 기가 막힌 건 오히려 내 입장이었다.

나는 어렵고 부끄럽고 주눅이든 심정으로 미국생활을 시작했다.

남편 역시 운영하던 가게가 오래 전부터 진 빚을 갚지 못해 경제적으로 어려운 처지여서 재혼을 결심했던 것 같았다. 우리는 다시 시작하는 마음으로 가게를 시작했다.

그러나 은행에 돈 거래가 생기자 빚쟁이들이 먼저 은행을 찾아가고, 가게까지 들어와 빚 독촉을 하는 바람에 가게를 더 이상 운영할 수 없어서 문을 닫고 말았다.

결국 나는 내가 할 수 있는 꽃집에서 일을 하기 시작했다. 꽃집에서는 풀타임으로 직원을 둘 형편이 안 되어 파트타임으로 일을 했는데, 남편은 2주일 일하고 받는 내 급료만을 기다리는 형편이었다. 그러니 부부의 갈등이 생기고 심한 말다툼으로 서로가 마음의 상처를 받을 수밖에 없었다. 부부싸움은 계속 이어졌고, 나는 지치고 기진맥진하여 자주 주저앉았다. 그러나 우리들 생활은 아무런 진전 없이 시간만 흘렀다. 어느 날 문득, 나는 깨달았다. 더는 견딜 수 없었다. 더 이상은 안 될 것 같았

다. 운전도 못해, 영어도 안 돼, 살길이 없으니 막막함뿐
이었다.

　다시 돌아갈 고국 땅을 떠올리며 다시 돌아가야 한다는
마음을 굳혔다. 사실 다른 방법이 없으니 결국 돌아가야
한다는 결론을 내리고 다시 돌아갈 준비를 서둘렀다.

　'다시 돌아가자!'

　아이들은 묵묵부답이었다.

이유가 하느님 때문이라면

돌아갈 준비를 하는 동안, 두 딸 첫 영성체를 2주 남겨 놓고 있었다. 나는 아이들을 위해서 욕심을 냈다. 한국에 돌아가도 첫 영성체는 시켜서 데리고 가야 아이들이 신앙생활을 계속할 수 있을 것 같았다. 그리고 아이들에게도 미국까지 와서 그냥 돌아간다면 상처만 남겨 줄 것이다. 선물은 주지 못할망정 추억, 아니 작은 빌미라도 안겨 주고 싶은 심정에서 2주를 기다렸다.

일요일, 아이들을 첫 영성체 교리반에 보내놓고 나는 나무 밑 의자에 앉아있었다. 전에는 일요일에 하는 레지오 팀에 들어갔었는데 첫 영성체만 시키고 나면 돌아갈 계획인 나는 레지오 참관도 하지 않았던 것이다.

한참을 앉아있는데 레지오 팀원 중 한 자매인 엘리가 내 이름을 부르면서 왜 그렇게 정신이 나가있느냐고 물었다.

"저 서울로 돌아가려고 레지오도 안 들어갔어요.'

엘리는 잠깐 내 얼굴을 보더니 손짓을 했다.

"나 좀 봐요."

엘리는 내 손을 끌고 조용한 곳에 멈춰 섰다.

"무슨 일이 있어요? 이유를 말해줄래요?"

나는 잠자코 있었고, 엘리는 내 말을 기다렸다. 하는 수 없이 나는 입을 열었다.

"돈 없이 아이들을 데리고 와서 남편이 속이 상한 것 같아요."

"돈 때문이라면, 내가 돈을 좀 해 줄 테니 꽃집을 찾아봐요."

하지만 나는 그 말에 기대를 하지 않았다. 그날 그 분은 올이 나간 스타킹을 신고 있었기 때문에 고마운 마음만 받아들이고 집으로 왔다.

집에 와서 아이들 셋을 앉혀놓고 한국으로 돌아가야 하는 이유를 설명했다. 큰딸은 한국에서 송별식도 모두 하고 왔기에 못 돌아간다고 했고, 작은 딸은 엄마 하자는 데로 한다 하고, 남편의 아들은 자기도 한국으로 따라가면 안 되느냐고 했다. 미처 생각도 못한 일이었다. 아이들한테 재혼 한다고 의논하지도 않고, 어른들이 결정하여 오늘부터 이 사람이 니들 아빠고 이 사람이 너희 엄마라고 통보하면 그만이었는데, 헤어질 때도 어른들은 아이들의 의견은 안중에도 없는 결정을 내렸던 것이다. 나는 아이들에게 미안하고 부끄러운 생각이 들어 더 이상 그 자리에 앉아있을 수가 없었다.

아이들 생각은 물어보지도 않고 내가 낳은 자식이라고, 나는 어이없음을 깨달았다. 부모라는 이름만 가졌지, 미성숙한 어른들의 횡포는 죄악이었다. 내가 저질러놓은 일을 책임감도 없이 아이들보고 감당하라는 심보는 아니라는 생각이 들었다.

다음 날 엘리가 전화를 했다. 밤새 아이들 생각에 잠을 설쳤는데, 엘리의 전화는 내게 한 가닥 희망의 빛으로 다가왔다.

엘리는 하시엔다 게일 길에 조그마한 마켓이 있었는데 그 앞으로 나오라고 했다. 나는 바로 달려갔고, 엘리는 차 안으로 나를 들어오라고 했다.

"이거 받아요."

차에 들어온 나에게 흰 봉투를 내미는 엘리의 손을 나는 가만히 바라봤다. 가슴에서 요동치는 울렁거림이 맑은 눈물샘을 이뤄내고 있었다. 그녀는 돈을 주면서 두 손을 감쌌다.

"이 봉투 안에 만 불이 들어 있으니 미국에 정착하는데 도움이 되길 원해요. 원래 이 돈은 신학교로 갈 예정이었는데, 아무래도 지금 이 돈이 필요한 사람은 따로 있는 듯

해서 가져왔어요. 그러니 부담 갖지 말고 다시 시작해 보세요."

엘리의 아들은 그 때 신학생이라고 했다. 아들은 이미 공부를 모두 마치고 곧 사제서품을 받을 예정이라고 하면서 배고픈 사람에게 밥을 먼저 주어야 하는데 너무 적은 돈 같다는 말을 여러 번 했다.

나는 그 돈을 받아들면서 '제가 6개월만 쓸게요.' 했다.

엘리는 미국에서 먹고 살면서 만 불 모으기가 쉽지 않다고 했다.

"갚을 생각하지 말고 꽃집을 찾아봐요."

그 때 만 불이면 엄청난 금액이었는데, 나는 미국생활에 익숙하지 못해 달라 가치의 개념이 없었다. 그때 내 생각은 만 불이라고 해서, 한국 돈 백만 원 쯤으로 생각했던 것 같다. 그러니까 6개월만 쓰고 갚겠다는 말을 했으리라. 엘리는 다시 나에게 설명했다.

돈을 받으려고 주었다면 체크(수표)로 가져왔겠지. 이 돈은 현금인데 안 받았다고 해도 그만이잖아. 어서 가지고 가서 꽃집을 알아보도록 하라며 나를 내어밀었다.

나는 그날의 기억에서 빠져나와 다시 엘리의 영정 사진을 돌아보면서 가슴으로 흐르는 뜨거운 감동의 용솟음을 억제해야 했다.

벌써 33년 전 일이 되었고 엘리는 주어진 미션을 완성하고 아들 사제와 한 날 본향으로 가셨다. 엘리가 나에게 베푼 것은 하느님의 선이었다고 나는 믿는다. 그 선을 나는 어떻게 쓰고 있을까?

장례식장에는 남가주 한인사제들이 모두 와 계신 듯 했다. 엘에이 교구장님 주례로 시작된 장례식은 후배 사제들이 나누는 추모사에 울다가 웃다가를 반복하며 끝이 났다. 나중에 들으니 조문객들은 900여명이 넘었다고 했다.

장례식장의 조문객들은 무엇을 기억하고 있었을까. 영원한 길을 떠나는 사람들과의 어떠한 인연으로 와 있을 텐데, 몇 사람의 이야기를 들어보면, 좋은 기억을 한 사람은 떠나는 분들을 아쉬워하고 나쁜 기억을 가진 사람들은 너무 강하여 상처 받았다고 했다.

그럼 나는 엘리를 떠나보내는 지금 어떤 메시지를 받았는가? 그래서 지난 일들을 더듬어 엘리가 나에게 베푼 하느님의 선을 어떻게 사용했는지 더듬어 내려 한다.

정착

　우리는 엘리가 준 돈으로 산타모니카에 꽃집을 찾아 새로 개업하면서 배달차도 샀다. 그렇게 시작은 했지만 꽃집의 운영은 참으로 험난했다. 산타모니카 시티에 피코와 19가에 오래된 공동묘지 정문 앞에 꽃집이 있었다. 그 꽃집은 아주 오래된 곳이었지만 그 가게를 하던 분들이 모든 거래처를 가지고 떠났기 때문에 처음부터 다시 시작해야 하는 가게였다. 특히 산타모니카 병원에 거래처가 있었는데 그 거래처를 가져올 수 있을 거라는 주인의 말을 믿었던 게 우리의 실수였다.

　특히 건물 주인이 그 병원의 의사였기 때문에 우리에게 줄 수 있을 거라 생각했지만 미국은 그렇게 쉽게 되는 나라가 아니었다. 나는 미국을 몰랐고 일찍 들어와 미국을 살아온 남편은 세상을 몰랐다. 오래된 공동묘지는 찾는 이가 없었다. 새로 시작한 꽃집이 자리를 잡으려면 3년 먹을 것은 준비하고 시작했어야 된다는 것을 우리는 몰랐던 것이다.

꽃집 건물 주인은 나이가 지긋한 백인 부부였다. 남편은 산타모니카 병원에 마취과 의사였는데 매우 조용한 분들이셨다. 슬하에 자식이 없는 부인은 거의 매일 우리 꽃 가게에 와서 전화 오더도 받아주었고 특히 나를 엄청 좋아하셨다.

부인의 이름은 바바라였다. 바바라가 하루는 내 손을 들여다보더니 너 반지를 어디다 두었느냐고 했다. 내가 늘 끼고 다니던 반지를 유심히 보았던 것 같다. 나는 아들 자동차 사는데 보태느라 팔았다고 하자 내 남편을 엄청 나무랐다.

그 뒤 며칠이 지나 바바라는 나에게 자기의 딸이 되어주면 좋겠다고 했다. 나는 더 생각할 필요도 없이 그 자리에서 거절했다. 말이 통하지 않아 너무 무서웠다. 바바라는 엄청나게 큰 재력가였다. 그 뒤에도 바바라 부부는 우리에게, 특히 어린 딸들에게 잘해주었다.

그렇게 시간은 3년이 지나갔고 우리는 윌셔가에 한국분이 하던 꽃 가게를 인수하게 되었다. 가끔 도매시장에서 필요한 꽃도 사다드리고 했는데 그분이 여러 가지 사정으로 더 이상 가게를 할 사정이 안 되어 나에게 맡기고 떠나게 되신 것이다. 그 과정에서 바바라는 오해를 했던 것 같다. 돈을 벌어 꽃가게를 사면서 자기네한테는 렌트비를 적게 주었다고 생각했던 것 같다.

내 영어가 충분 했다면 오해 없는 설명을 했을 텐데… 서툰 삶의 방식이었다. 그분들은 미국에 와서 만난 두 번째 은인이었는데 우리는 그분들께 상처를 주고 떠나온 것이다.

그렇게 윌셔가로 옮겨와 장사를 시작했다. 그 가게는 큰 병원 옆이고 위치가 아주 좋았다. 더구나 옆 건물 빌딩공사로 인하여 큰 왕래는 없었지만 예전 가게보다는 훨씬 희망적이었다.

하지만 한 달이 안 되어 전기와 전화가 끊어졌다. 나에게 인계를 하신 어머니는 현상유지가 되는 가게라 생각하셨고, 운영자였던 아들은 상황이 달랐던 것이다. 난 고민했다. 이 가게를 계속 유지해야하는 지 닫아야하는 지를, 그 때 밀린 전화 요금이 많은 액수였다. 왜냐하면 전화요금에 전화번호 책 광고료가 포함되었기 때문이다.

그래도 예전 가게보다는 희망적인 위치였고 무리를 해서라도 처리를 하고 힘을 내어 본 것이다.

그렇게 시작한 그 다음해 발렌타인 데이, 이른 아침 8시부터 마샬이 가게로 들어왔다. 그날이 내가 미국에 들어와 마샬을 맞이했던 두 번째였는데 첫 번째는 처음 미국 와서 남편의 가게를 닫게 한 것이었고 이번에는 그날 파는 모든 돈을 챙기러 온 사람이었다.

바바라 건물에 있을 때 리스문제로 소송을 했는데 남편이 대수롭지 않게 대처하는 바람에 우리가 자동으로 졌던 걸 나는 모르고 있었다. 그래서 꽃집이 제일 바쁜 날에 돈을 가지러 온 것이다. 그 사람은 현금과 수표만 가져가야 하기에 카드판매도 안되며 미리 팔아놓은 꽃도 배달을 못 하게 했다. 오직 현금과 수표로만 판매를 해야 하는데 문제는 산타모니카 월셔길에 현금 손님은 별로 없다는 것이다.

가게 주인은 그 가게에 있지 못하게 했으므로 나는 집에 들어와 있었는데, 제일 가슴 아픈 일은 고등학생인 큰 딸을 학교도 안 보내고 일을 시키다가 그 꼴을 모두 보인 것이다.

집에 들어와 의자에 주저앉은 내 귓가에 어떤 소리가 들렸다. 봐라, 오늘 같은 날 한 시간에 500불씩을 네가 번다한들 내가 허락 하지 않으면 단 한 시간도 할 수 없음을 알고 있니? 나는 두리번거렸다. 아무도 없었지만 또렷한 음성을 들었다.

오후 3시가 되자 마샬은 돌아갔다. 그날 가게는 엉망진

창이 되었다.

나는 다음 날 성령세미나를 가기로 했었다. 3박 4일, 처음으로 가는 피정인데 오래전에 신청 해 놓은 피정을 남편은 가지 말라고 했다. 어제 팔지 못한 빨간 장미가 냉장고 가득 남아있는데 저 장미를 어떻게 할 것이냐고 했다. 장미는 버려야 했다.

어차피 발렌타인 대목을 보기위에 미리 확보해 놓은 꽃이고 오늘부터는 빨간 장미를 찾는 이가 없다. 내가 있다고 처리할 방법이 있는 것도 아니니 잠깐 나가 일을 좀 보고 와서 피정을 들어간다고 했다.

차를 타고 한인 타운을 가는 길 중간쯤 가게에서 빨리빨리(8282)라고 삐삐가 들어왔다. 내려서 전화를 했다. 그러자 장례꽃이 들어왔으니 가게로 빨리 들어오란다. 장례꽃이 들어왔으면 해서 보내지 나를 왜 부르냐고 했더니 13개가 들어왔는데 오후 1시 까지 배달을 원한다는 것이다. 나는 물었다. 결제 대금이 현금? 아니면 카드냐는 내 물음에 현금으로 모두 지불 했으며 그것도 모두 빨간 장미로만 해 달라고 했단다.

나는 돌아서서 가게로 들어오면서 이해가 되지 않았다. 왜? 백인 장례식에 빨간 장미일까? 오늘 지나면 쓸 수도 없는 장미를 그것도 큰 금액을 현금으로? 백인 장례식은 하얀색 아니면 블루 색상을 쓰는데 아무리 이해를 하려 해도 납득이 되지 않았다. 더더구나 장례식에 이 많은 돈을 쓰다니….

가게에 들어서니 모두 준비들을 하고 있었다. 내 손은 다른 사람 세배 정도 빠르다. 1시 이전에 한 송이의 장미를 남기지 않고 모두 꽂아 배달을 마치고 피정을 들어가서야 알았다. 그 행운이 내 힘이 아니라는 걸….

바바라는 돈 때문에 우리에게 법적 대응을 한 것이 아니고 마음을 다쳐서 법을 통하여 말한 것이다. 지금도 미안하고 감사할 뿐이다.

예수님의 눈물

피정을 하는 동안 내내 나는 흥분하고 있었다. 빨간 장미 사건에 아주 큰 의미를 두고 있었기 때문이다. 3박 4일 피정은 감미로웠고, 어떤 일도 잘할 수 있을 것 같았다. 총고백 면담시간이 되었다. 지도신부님은 다른 분이셨고 내 면담을 맡으신 분은 서 바오로 신부님이셨다. 내 총고백을 듣고 난 후 사제는 울고 계셨다. 사제의 얼굴을 바라보는데 사제의 두 눈에서 흐르는 눈물은 예수님의 얼굴로 보였다. 나는 그날 엄청난 위로를 받았고 집에 있는 남편의 어릴 때의 상처들까지 보게 되었다.

무척이나 가여워보였다. 남편의 어린 시절도 만만치 않았으니까. 그 많은 상처를 가지고 있는 사람이 가정생활을 한다는 것은 또 다른 이들에게 상처를 줄 수 있다는 것이다.

예수님이 나를 위하여 울어주셨다면 나 또한 남편을 위하여 울어 줄 수 있다는 착각을 아주 오래 하게 된 시작이 그날이다.

얼마나 어리석은 짓이었을까. 내가 가진 게 없는데 어떻게 줄 수 있으며 누구의 도움을 받아야 줄 수 있는지도 모르고, 맹목적인 그리스도 사랑을 실천한 것이다. 내가 이 꿈에서 깨어 난 것은 그로부터 30년이나 지난 뒤이다.

절대로 혼자 할 수 없는 그 사랑을, 그리스도를 통하지 않고 내가 할 수 있다고 덤빈 내 사랑의 방식에 얼마나 많은 사람들이 역겨웠을까. 쥐구멍이라도 들어가고 싶다.

'그리스도를 통하여, 그리스도와 함께, 그리스도 안에서, 성령과 함께'를 매 미사 때 성찬식 이후에 하건만 나는 그 말을 알아듣지 못했으니 살아갈 나를 위하여 울어주신 주님의 눈물을 나는 오늘도 바라본다.

재혼 가정의 비애

 남편의 아들 한명과 나의 딸 두 명이 학교를 다니면서 딸아이들은 학교에 잘 적응했는데 고등학생인 아들은 학교를 가지 않는 듯 했다. 오후 6시가 되면 학교에서 전화가 왔는데 자동 응답기가 들려주는 말은, 오늘 이 학생이 교실에 들어오지 않았다는 것이다.

 남편은 그 이야기를 듣는 둥 마는 둥이다. 나는 할 수 없이 학교를 찾아가보았다. 학교에서 보여준 출석부는 반절은 학교를 안 갔고, 반은 오전 수업만 하고 나온 것이다.

 집에 돌아와 아들과 이야기해 보았다. 그 뒤 심리상담도 해보고 신부님과 면담을 해 보아도 진전이 없다. 내가 물었다. 어떻게 하면 고등학교 졸업 할 수 있는지?

 아들은 이야기 한다. 가디나에 외할머니가 사시는데 그 곳으로 보내달라고 한다. 지금 다니는 곳은 싫다고 한다. 나는 고민 끝에 외할머니를 찾아갔다. 그때 아들의 친엄마는 텍사스에 살고 있다고 했다.

 내 말을 들은 외할머니는 펄쩍 뛰었다. 내가 무슨 죄가 있다고 손녀 하나 키웠으면 됐지 또 그 아들까지 키워야 하느냐고. 맞는 말이다. 아들 위로 딸이 한 명 더 있었는데 할머니가 키워내신 걸 나는 잘 모르고 있었다. 하지만 손주가 이곳으로만 오려 하니 고등학교 졸업을 시켜야 하지 않겠느냐고 설득했다. 그 할머니는 손녀 하나 키우는데도 1불도 못 받았단다. 이제는 능력도 없으니 못하겠다고 하시는 것을 매달 내 손으로 양육비를 건네 드리겠다는 약속을 하며 2년만 돌보아 달라고 간곡히 부탁했다.

그렇게 그곳에 맡겨놓고 2년 후 고등학교 졸업한 그날 아들도 울고 나도 울었다. 남편은 아들의 일을 이야기 할 때 언제나 하는 말이, 네 자식이 아니니까 그렇게 본다고 한다. 함께 합의점을 찾아도 모자라는데 항상 남의 일 보듯 하고 매사가 자기가 불편한 것을 마주 하지 않으려 하는 것을 나는 고쳐 쓸 수 있다고 생각했다. 사람은 고쳐 쓸 수 없다는 것을 알기까지의 시간은 또 얼마가 흘렀을까.

재혼을 해서 살아내는 가정을 성공적으로 살아내는 사람도 있지만 많은 사람들은 공중에 떠 있는 듯하다. 그리스도 눈으로 보면 하느님의 뜻이 있는 것이고, 세상의 눈으로 보면 전생의 죄가 많은 듯하다.

일일이 다 들여다 볼 수 없지만 누가 재혼 가정이라고

하면 반은 속이 썩어 있을 것 같다. 정신을 바짝 차리고
살아야 한다. 나중에 보상은 없다. 매일 매일 해결 하며
하루만 산다.

공짜는 없다

누구나 미국에 들어 올 때는 나름의 사연이 있을 것이다. 나 또한 아이 둘을 데리고 오면서 많은 사연을 가지고 왔지만 다른 사람보다 좀 더 쉽게 결혼을 통하여 들어왔다고 생각했다. 하지만 남의 나라 땅에서 뿌리를 내리는 것은 엄청난 사건이다. 2023년 지금 현재도 영주권 때문에 고생하는 사람들이 있다.

나무도 옮겨 심으면 3년은 자라야 열매를 맺고, 성목이 되려면 5년은 자라야 하는데 그 과정도 누군가의 도움을 잘 받을 경우에만 그렇다.

어떤 이들은 영주권이 없으면 한국으로 들어가면 되지 않느냐고 하지만, 생각보다 그리 간단하지 않은 것이다.

나 또한 사건이 많다. 미국 들어와 2년이 지나서이다. 우연히 멕시코로 낚시를 함께 가자는 세 가족이 있었다. 어른들끼리 떠나는 차도 있었고 우리는 젊고 똑똑한 아가씨가 운전하는 차를 타게 됐다. 그 아가씨는 멕시코 국경을 지나기 전, 영주권을 미리 보자고 했다. 내 영주권을 본 아가씨는 여기에 2년이 되기 전에 신청을 다시 해야 하는 조건부 영주권인 걸 몰랐느냐고 물었다. 미국에 들어오던 시기에 나는 영어 한마디도 못했으므로 당연히 몰랐다고 했다.

아가씨는 차를 국경근처에 세우고 국경직원한테 물어보고 가야 한다는 것이다. 우리는 함께 그곳으로 가서 물어 보았다. 그 직원은 친절하게 일러주었다. 너와 아이 둘을 데리고 나갔다가 다시 들어올 때 걸리면 한 사람당 95불씩 내야하고 다른 사람이 미국을 들어가 합법적인 생활을 한다는 증명서를 해가지고 오는 동안 이곳에서 세 사람은 먹고 자고 있어야 한단다. 결국 우리는 멕시코로 가지 않았다.

다른 사람들이 다녀오는 동안 우리는 샌디에이고에 머물면서 동물원도 보고 지냈다. 만약 그날 그곳에서 물어보지 않고 그냥 모르고 지냈다면 무척 어려운 일들이 발생 했을 것이다.

나는 서둘러 정식 영주권을 신청하여 받을 수 있었지만 일이 꼬여 잘못 된 사람들도 더러 있다.

입양을 가면 당연히 미국 시민인지 알고 있다가 입양부모가 잘못 되거나 중간에 무슨 일이 생겨 불법으로 살아

내다가 사고가 생기면 추방당하는 일도 비일비재 했다.

남편의 가족은 큰시누가 제일 먼저 들어왔다. 제일 먼저 온 사람은 많은 희생을 하게 되어있다. 그 시절 유학으로 들어와 머문 사람들이 얼마나 되겠는가. 모두가 어렵게 미국 땅에서 시작을 했을 것이다. 큰시누에게는 딸이 있었다. 나이가 제법 많은 딸인데 그 딸과 남편의 형수가 합작하여 교묘한 방법으로 30개월 동안 우리한테 돈을 갈취해 갔다. 가족 간에 기가막인 일이 발생한 것이다. 그 돈을 지불하는 동안 삶을 포기 하고 싶을 만큼 화가 났지만 나중에는 영주권 값이라 생각했다.

그 뒤 우리는 3명의 가족을 꽃집에서 영주권을 해 주었다. 마지막 영주권을 해 준 사람은 아이들 유학길에 엄마가 따라오면서 영주권을 신청하여 받는 동안 한국에 오래 가지 못하자 아이들 아빠는 다른 여자가 생겨 가정이 파탄 난 사람도 있었다.

엄마는 울며 억울하다고 하는데 아이 아빠 이야기는 또 다른 이야기 같다. 그 아빠는 돈만 벌어 보내고 부인과 자식 얼굴도 보지 못한 또 다른 억울함이 있었으리라.

어렵게 받은 영주권을 들여다보던 어떤 이는 지갑에 넣고 하루 종일 돌아다녀도 누가 꺼내보자는 사람 하나도 없고, 개도 물어가지 않는 이 종이 한 장에 너무도 많은 시간과 에너지와 돈을 쏟아 넣었다고 이야기 하는 이도 있다. 어떤 것을 취하는데 거저 되는 것은 아무것도 없는 듯하다.

듣고 싶은 대답

고즈넉한 오후에 친정어머니께 전화를 걸었다.

큰 딸은 프랑스 성체 대회에 갔고, 작은 딸은 100명을 이끌고 일본을 갔다. 나는 딸들이 자랑스러웠다. 고등학교에서 일본 회사에 일본을 알고 싶은 아이들이 모였는데 도움을 청한다는 편지를 일일이 써 후원을 받아 갔으니 대견하여 친정어머니께 자랑을 하고 있는데 어머니께서 물으신다.

김 서방은? 나는 대답했다. 골프인지 지랄인지 갔다고, 그러자 어머니는 전화 저 너머에서 말씀이 없으셨다. 나는 다급하게 어머니를 불렀다. 그러자 말씀 하셨다. 말이 왜 그러냐. 여지껏 딸 자랑하더니 그새 잃어버렸구나. 네가 잘나서 미국을 갔더냐, 김 서방이 데려 갔으니 애들이 미국 가서 공부도 하고 있다는 걸 잃어버린 게야. 언제부터 달면 삼키고 쓰면 뱉어 냈더냐 그러지 말아라. 나는 그 이후로 어머니께는 자랑도 불평도 하지 않았다.

김 서방이 딸 둘 있는 나와 살아 주는 것만 고맙고 내가 그 아이들과 살아 내고 있는 것은 보이지 않으셨던 것이다. 아니 알고 계셨으리라. 하지만 어머니는 내 편을 들어 줄 수 없었을 것이다.

옛날 어른들은 재혼 할 때 아이가 딸려있다는 것이 무슨 큰 죄인 것처럼 생각하시고 무조건 참아 줄 것을 강요했다. 그래서 지금 육십 이후의 여자들은 화병이 많고 옳은 선택을 할 기회를 놓쳐 가슴이 답답한 것이다.

나는 어머니의 한 마디를 원했을 것이다. "애쓰고 있구나." 이 한 마디.

재혼은 서로가 사랑하거나 아니면 필요에 의해 합의 하에 한 것인데 무슨 종살이같이 계약 관계처럼 갑과 을로 살아내라는 것이 나는 못마땅하면서도 내 무의식 안에서는 고개를 끄덕이고 있었던 것이다.

이런 갈등이 처음부터 꼬여져 있는 것이 분명한데 어느 사이에 의존적으로 살아가고 있는 이 습성에서 벗어난다는 것은 상상도 못하고 내 곁에 있는 사람의 변화만 요구하면서 내 선택을 하지 못함을 이제야 알았다.

베푼다는 것

 이렇게 동분서주, 좌충우돌하며 지내고 있던 즈음, 엘리의 연락을 받았다. 그때 엘리는 경제적인 압박을 받고 있는 듯 했고 나에게 돈을 조금 마련 해줄 것을 청했다. 나는 만들 수 있는 만큼 만들어 점심 약속을 잡았다. 나를 미국에 살게 하신 분이었기에 벅찬 가슴을 안고 나가면서 한편으로는 오죽하면 나에게 도움을 청했을까 싶어 마음이 아팠다.

 식당에서 만나자 마자 돈을 건네 드리고 점심식사를 했다. 식사를 마친 뒤 엘리는 봉투에 돈을 꺼내더니 딱 반으로 자르셨다. 이 돈을 어떻게 만들었는지 짐작을 하고 있다면서 오른손에 쥔 것은 나에게 건네셨고, 왼손 것은 당신이 갖겠다는 것이다.

 나는 처음에는 그럴 수 없다고 했지만 결국엔 그렇게 했다. 집으로 돌아오는 길 내내 생각해보았다. 아니 이 돈을 그냥 받아가지고 오다니, 염치도 없고 할 말도 없었다.

 돌아와 돈을 꺼내 세어보니 딱 반이다. 살아가면서 항상 기억하고 있지는 않지만 가끔 어느 때, 작든 크든 내어 줄일이 있을 때마다 나는 엘리를 기억 한다. 그래서 내가 베푼 일을 잘 기억 하지 않게 해 달라고 기도 한다. 왜냐하면 내가 베푼 걸 기억 하다보면 서운한 일이 생기기 때문이다. 내가 받은 확실한 은총은 엘리가 베푼 것을 배운 것이다.

성장하는 과정

무엇을 얻기 위해서는 반드시 대가나 희생이 따른다. 바꾸어 말하면 어느 일에 손해만 본 듯해도 나도 모르게 얻어지는 것도 있다는 것을 우리만큼 살아보면 알게 돼있다. 한참 젊어 일을 많이 하던 때가 있었다. 내 본당인 성바오로 성당에서 남가주 꾸르실료(Cursillo) 학교가 시작 되는데 우리 성당에서는 봉사자가 학교 갈 시간 여유를 가진 사람이 없었다.

나는 1년 전 15차 꾸르실료를 했으므로 자격요건이 갖추어지지 않았는데 할 수 없이 그 봉사자 학교에 함께 하게 되었다. 우리 본당에서 1주일에 한 번씩 넉 달간 봉사자 학교가 진행되는 동안 문 열어주고 닫고를 책임지고 있었고 나는 그 봉사자로 합류했다. 그 뒤 5년을 더 하는 동안 웃고 울고를 얼마나 했던지 누구인가한테 봉사를 하기 위함보다는 내 자신이 매일 매일 성장함을 느꼈다.

본당 안에서 우물 안에 개구리처럼 있던 내가 어느 해에

봉사자 학교를 시작하기 위하여 준비모임에 참석한 날이었다. 지도신부님의 성당으로 모이기로 한 날인데 23명 중 17명만 나왔다.

지도신부님께서 오늘 모인 인원으로만 봉사자 학교를 시작한다고 하자 그 해 회장을 맡은 자매님이, "안 됩니다. 23명은 되어야 하고 오늘은 준비 모임이기에 그리 중요하지 않습니다. 이렇게 딱딱하게 진행하시면 이 학교를 남가주에서 하기 어렵습니다."라고 했다. 이렇게 대답하는 자매님께 신부님께서 조용히 그리고 천천히 말씀하셨다.

"그럼 오늘 나와 있는 사람들은 병신들입니까? 오늘 나오지 않는 사람들은 얼마나 잘났습니까? 봉사자가 부족하면 학교를 안 열면 됩니다. 그렇게 썩어빠진 정신으로 이 학교를 열어 정작 그날 무얼 봉사 할 수 있습니까. 17명으로 할 수 있으면 하고 아니면 학교 열지 마십시오. 착각하지 마십시오. 나 아니면 안 된다는 그 안이한 생각으로 우리는 모든 하느님의 계획을 망칠 수 있습니다."

그 해 우리는 17명이 멋지게 해 냈다. 어느 해 보다 더 기억에 남는다. 내 시간을 내어 드리는 줄 알았던 나는 그 해 이후 많은 부분을 달리 생각했다.

신앙 선조

  김길수 교수님이 한국 가톨릭 교회사 200주년 기념으로 순교성인 이야기를 담은 테이프가 남가주에 돌기 시작했었다. 1998년 전후로 기억 되는데 그 때 내 자존감은 엄청 자란듯하다.

  세상에 태어나서 누구한테인가 복음을 살게 하고 죽는다면 너무 멋진 일이라고 생각했고, 나도 누구인가에게 영양을 미칠 수 있게 살아야 하겠다는 다짐을 한 때이다.

  나는 꽃집을 하던 때 자동차로 이동을 할 때가 많았다. 그래서 차안에서 그 테이프를 많이 들었는데 고속도로에서 그 테이프를 듣고 가던 중, 그 성녀 이름은 기억이 안 나지만, 어떤 성녀와 사또가 나눈 대화에 대한 이야기를 기억한다.

  사또가 말한다. 천국은 너 같이 천한 아낙이 가는 곳이 아니다. 너 같은 것까지 천국을 간다면 천국은 너무 비좁다. 그러하니 배교해라. 그러자 그 성녀는 답한다. 사또님, 사또님은 책을 많이 읽었죠? 그러나 늘 새로운 책을 읽고 계시잖아요. 먼저 읽은 책으로 머리의 공간이 찼다면 새로운 책을 어떻게 읽어 가겠습니까. 천국은 그런 곳입니다. 나는 차를 길가 쪽으로 안전하게 주차했다. 그리고 울었다. 그러기를 수도 없이 했다. 나는 그 뒤로 기죽는 일이 별로 없다. 이렇게 훌륭한 선조들이 있는데 우물쭈물 대충 신앙생활을 할 수 없기 때문이다.

아는 만큼 전교한다

이민 오기 전, 미국은 주 5일 근무가 확실하다고 생각했었다. 그러나 와서 보니 스와밋이라고 하는 곳은 토요일, 일요일에도 일을 하는 곳이며 우리 소수민족들은 사는 게 어려워 투잡을 하는 사람도 많았다.

내가 아침 새벽마다 가는 꽃 도매 시장의 한 형제님의 가족이 모두 천주교 신자인데 그 형제님만 세례성사를 받지 못했다고 했다. 꽃 도매시장은 밤 12시에 나가 일을 시작하다보니 그렇게 되었다는 것이다.

나는 통신교리가 미국에 있는지 찾아 나섰고 가톨릭신문에 문의 하니 뉴저지에 박창득 몬시놀께서 하고 계신다는 소식을 들었다. 찾아서 알아보니 '통신교리를 원합니다.' 이렇게 쓰고 돈 20불을 함께 보내면 된다고 했다. 돈 20불을 주고 공부 할 만큼 열의가 있으면 어떤 방법을 써서든지 성당으로 교리를 배우러 갔으리라. 나는 매주 레지오 팀 주회 꽃을 배달했으므로 남편한테 그 돈을 수표로 바꾸어 달라하여 첫 번째 통신교리를 연결시켰다.

그렇게 시작된 통신교리는 나에게 딱 맞는 전교 사업이었다. 여러 명을 연결시키고 나서 우리 레지오 단장인 자매님이 외짝 교우라는 것을 알고 통신교리로 연결을 시켰는데 그분이 잘 안하신다는 소식을 들었다. 나는 우리집 울타리에서 보겐베리아 꽃잎을 하나 따 봉투에 넣고 편지를 썼다.

그 꽃잎은 따서 책갈피에 넣어 말려놓으면 종이꽃처럼 변치 않는 특징이 있다. 아마 나는 그 하찮은 꽃잎도 변하지 않는데 하느님의 말씀은 영원하시다는 글을 썼던 것 같다. 그분이 세례성사로 이어지면서 나는 남가주에 통신교리를 가져와야겠다고 마음을 먹었다. 뉴저지는 통화를 하려면 시차가 있어서 불편했다. 이렇게 한인이 많이 사는 이곳에 꼭 가져오리라 마음먹었다.

그래서 맨 먼저 가톨릭 서울 교리 통신 교육회로 편지를 했다. 통신교리가 꼭 남가주에 있어야 하는 이유를 적어 보냈더니 그곳에서의 답장은, 이 교재는 평신도한테는 줄 수 없다. 남가주에서 사목하고 있는 사제가 보내 달라고 하면 바로 보내 줄 수 있지만 평신도한테는 내어 줄 수 있는 책이 아니란다.

나는 그 때부터 찾아 나섰다. 그러나 돈이 되지 않는 이 일을 하려 하는 공동체는 없었다. 그러다가 드디어 남가주 사제협의회의 유종환 마테오 신부님을 뵙게 됐다. 내 이야기를 한참 듣고 계시던 신부님께서는 나보다 자매님이 사제협의회에 나와서 브리핑 하는 것이 훨씬 더 알아듣기가 쉬울 것 같다하셨다. 그래서 나는 토마스 성당에서 브리핑을 했다. 그리고 나니 유 신부님께서는 좀 기다려 달라고 하시면서 좀 더 기도 해보자고 하셨다.

그렇게 기다리던 내게 그 일은 서서히 잊히고 있었다.

영원한 내 가족

이민 초기 바오로 성당에서 젊음을 불태우던 시기에 레지오 활동을 했다. 수요일 저녁 미사 후에 레지오를 했는데 성모님의 군대라면서 참으로 열심히 했다. 그때만 해도 예수님 구원사업을 하시는 성모님을 돕는다는 생각으로 열심히 했던 것이다.

때로는 다섯 명, 때로는 아홉 명 때로는 열두 명씩 들고나고 하면서 오래 활동을 했다. 그러면서 차츰 외곽으로 빠져나가는 사람도 있고 해서 그 팀은 해체가 되었다.

레지오를 하는 동안 내 이민살이는 엄청나게 고단했다. 원래 이재에 밝지 못한 나는 그 어려운 시절이 어렵다는 것도 못 느끼며 살아가고 있었는데 한 번은 큰딸이 이태리에서 하는 성체대회에 간다고 했다. 돈을 이리저리 모아 보았지만 딱 500불이 부족했다. 나는 다음 주 레지오 주회 때 우리 단원들한테 100불씩만 달라고 하려했다. 10월에 조금 나올 돈이 있었으므로 단원들한테 달라고 하면 될 것 같았다.

　그렇게 마음먹을 때는 속상함도 없고 창피하지도 않았다. 당연히 줄 것이라 믿었고 나는 갚을 수 있기 때문이었으리라. 그런데 그 주일에 성당을 다녀온 딸이 봉투하나를 건넨다. 수녀님께서 엄마 가져다 드리라고 했단다. 열어보니 500불이 들어 있었다. 나는 다음 날 월요일 수녀님께 전화를 드렸다. 왜냐하면 돌려 드려야 하기 때문이었다. 그리고 그 나이까지 한 번도 수녀님께 돈을 드려본 적이 없기 때문이다. 수녀님은 어떤 돈도 없다고 생각했기 때문에 그 돈의 출처가 궁금했다.

　나를 맞이한 수녀님은 쉬지 않고 말씀 하셨다. 딸이 그때 고등학교 3학년이었는데 처음 신청했던 학생들도 모두 취소했건만 큰딸과 지도 선생님만 남았단다. 중요한 고3 시기에 괜찮으냐고 수녀님이 딸한테 물어오자 딸은 그것과 이것이 왜 같은 것인가 하더란다. 그런 딸이 너무 예뻐 무얼 주고 싶은데 줄 것이 없었단다. 그날 어느 분이 '수녀님 쓰고 싶은데 있으면 쓰세요'하면서 봉투를 건네더란다. 그래서 바로 그 돈을 딸한테 건네 준 것이다.

　그런데 어떻게 딱 500불일까. 더 이상 우겨봐야 소용없는 일이다. 나는 받아왔고 딸은 잘 다녀왔다. 그 뒤에야 나는 수도자도 필요한 돈이 있다는 걸 알았다. 참 더디 큰다. 그래서 공동체가 필요한가보다.

어린 시절 성당 마당에서 자라나는 아이들은 큰일이 닥쳐도 잘 헤쳐 나갈 줄을 알고 있다. 성서가 바탕이 되어 있는 자녀들은 튼튼하게 자라 때로는 빗나갔다가도 일찍 돌아온다.

가끔 젊은 엄마들이 아이들을 어떻게 키울까 걱정하며 물어온다. 그러면 자신 있게 말한다. 성당 마당에서 키우라고 한다. 사회에 나가 환경의 지배를 받는다 해도 하느님의 씨앗이 마음 안에 있다면 실패할 이유가 없다.

우리 레지오 단원들도 30년이 지난 지금까지 한 사람도 낙오자가 없다. 우리는 가끔 만나 이야기하고 있다. 그 젊음을 잘 살아내었기에 오늘이 있다고.

내 그릇 크기

꽃집을 하고 있던 가게 건물을 옆에 있는 큰 병원에서 매입 했다는 통보가 왔다. 가게를 비우라는 것이다. 우리는 서둘러 이사 할 곳을 찾아 나섰다. 오래 된 동네이다 보니 옮겨야 할 곳을 찾기가 너무 어려웠다.

어느 날 편지 한 통이 날아들었다. 병원 측에서 이사 비용을 청구하라고 했다. 우리는 아는 분께 의뢰를 했더니 이것은 돈을 챙길 수 있는 기회라고 했다. 우리는 그분께 일을 맡겼다. 그분은 변호사까지 대동하여 일 처리를 해 주었다. 일을 진행하는 동안 꿈을 꾸었는데 꿈속에서 내 주머니에 들어 온 돈이 육만 불이었다. 그런데 그날 병원 측에서 칠만 불로 합의 하자고 했고 일을 맡았던 분은 아직 대답을 안했다고 했다. 나는 그 선에서 끝내자고 했다.
하지만 그분은 목돈을 마련 할 수 있는 기회니 기다리라고 하면서 결국 우리는 십만 불을 넘게 받아내었다. 리스 계약이 이미 오래 전에 끝났기에 한 푼도 못 받으리라 생각하고 미리 나가려 하던 중인데 큰돈이 생긴 것이다.

우리는 조금 가까운 곳으로 이사를 했다. 그곳에서는 이만 불을 손해 보았다. 서브리스를 못 받았기 때문이다. 또 다른 곳으로 이사를 했건만 역시 그곳에서도 이만불의 손해를 보았다.

결국 남은 돈은 꿈에서 받은 딱 그만큼이었던 것이다. 사람은 언제나 자기가 가질 수 있는 재물이 한계가 있는 듯하다. 필요이상의 돈을 챙긴 우리는 그 돈을 쓰는 과정에서 마음을 크게 다쳤다. 두 곳을 옮겨 이사를 하는 동안 무슨 좋은 일이 있었겠는가?

촛불 두 개

집에서 꽃가게까지 할 수 있는 곳이 있기에 한인 타운으로 이사를 들어왔다. 미국에서 5월 둘째 일요일은 어머니 날이기도 하고 결혼식 꽃까지 2개가 겹쳐 나는 많은 양의 꽃을 만들었다. 그러다보니 밖에서 보기에 무척이나 장사가 잘 되는 바쁜 가게 같았나보다.

다음 월요일, 머리에 두건을 쓴 흑인 남자가 손님을 가장하여 손에 권총을 들고 들어왔다. 그는 가지고 온 가위로 전화선을 모두 자르고 테이프로 나의 손과 발을 묶고 입도 막은 다음 엎드리게 했다. 그리고는 온 집을 뒤지기 시작했다.

이렇게 죽는구나 싶던 그 때, 처음 생각이 난 것은 두 딸도 아니고 아들이었다. 그 때 사귀는 여자가 있었는데 결혼을 못 시킨 것이 생각난 것이다. 두 번째는 집을 사서 이사하기 위하여 수리하는 중이서 빌린 돈 오천 불이었다. 남편한테 미처 이야기도 못 했는데 내가 죽으면 어떻게 갚아야 할지였고, 세 번째는 목소리 큰 내가 본당에서 봉사한다고 다른 이들한테 상처 준 것이 걸렸다.

엎드려 있던 나는 어느 사인가 묶여진 손가락을 짚어가면서 묵주의 기도를 드리고 있었다. 이제와 우리 죽을 때에 우리 죄인을 위하여 빌으소서… 아~ 성모님이 있었지… 그 때 방 두개가 있었는데 한 방에는 십자가상과 성모상이 있었고 양 옆으로 초가 두 개 켜있었다. 그 방 서랍장 두 번째 칸에 현금으로 오천 불이 있었다. 하지만 내 마음은 차분했다. 사람이 이런 식으로 죽는다는 것은 개죽음인 것이다. 나는 성모님이 죽을 때 함께 하리라는 믿음을 확신했다.

강도는 아래층을 모두 뒤지고 성모상 있는 곳을 들어가려 하더니 뛰쳐나왔다. 위층으로 올라간 강도는 다시 내려와서 내 입의 테이프를 뜯어내더니 돈 있는 곳을 말하라고 하면서 내 머리에 총구를 들이댄다.

하지만 나는 정신이 아주 맑았다. 이제와 우리 죽을 때에 우리 죄인을 위하여 빌어주실 엄마가 있기에 천천히 말할 수 있었다. "여기는 우리집도 아니고 장사도 안 되어서 이사 가려고 집도 내어놓았다." 그러자 보석이라도 내 놓으란다. 나는 내 귀를 보아라, 귀걸이도 안하고 오직 묵주반지 하나만 있다고 하자 그 반지라도 달라고 한다. 묶여진 손으로는 뺄 수가 없으니 풀어달라고 했더니 테이프를 잘라주기에 빼 주었다. 반지를 빼고 난 뒤 그는 착실하게 우리집에 있던 스카치테이프로 내 손목을 다시 묶어두었다.

강도는 다시 돈이 들어있는 방으로 들어가려 하더니 다시 나왔다. 내가 돈이 없다고 했으니 만약 그 방에 들어가 서랍을 열고 돈을 찾아내면 그는 나를 죽일 것이었다. 하지만 처음에 없다고 했는데 지금에 와서 있는 곳을 가르쳐 줄 수도 없었다.

그는 그 방을 뒤져 보지 못하고 뛰쳐나왔다. 왜 못 들어갔는지 알 수가 없지만 두 번 모두 그 방을 들어가지 못했다. 그러는 동안 위층에 열린 문이 세찬 바람에 크게 닫히는 소리에 그는 나를 겨누고 있던 총구를 위로 쳐들면서 누구 있느냐고 묻는다.

위층은 주인이 살고 있는데 뒤로 들어왔는지 모르겠다고 하자 그는 서둘러 나가면서 내 입을 다시 막는 것을 잊지 않았다. 그가 나간 뒤에 나는 더 이상 차분히 있을 수 없었다. 온 힘을 쓰자 발에 묶인 테이프가 떨어졌다. 그가 가지고 온 테이프는 종이 테이프였다. 팔목도 힘을 써 보았는데 내 손목에 묶인 테이프는 우리집에 있던 스카치테이프여서 잘 떨어지지 않았다. 그 때 누가 문을 두드렸다. 나는 일어설 수가 있었다. 문을 내다보니 알고 있는 사람이었다.

내가 나가 발로 문을 차자 그가 열었다. 내 입과 손목을 보고 기절하려한다. 내 입을 뜯어냈고 내가 상황설명을 하자 그가 경찰에 신고를 했다. 경찰은 와서 지문도 검사했지만 장갑을 끼고 들어온 사람의 지문은 소용없었다.

나는 세상에 태어나서 그 때 처음이자 마지막으로 돈 자랑을 해 보았다. 서랍장에 두었던 돈이 무사하고 내가 살아있음을 무어라고 설명할 수 있을까. 죽을 고비를 넘기고 새로 살아가는 삶을 잘 살아보려고 애는 써보았지만 조금 지나고 보니 거저 얻은 새로운 삶은 얼마가지 않고 퇴색하고 말았다.

2부

초대

2000년도에 메주고리예를 다녀왔다. 나는 지금도 그 상황을 모두 그리라고 하면 그릴 수 있을 정도로 선명하게 기억하고 있다. 가끔 나는 상상 속에서 그곳을 방문한다. 비록 한 번 다녀왔지만 성모님이 나를 강력하게 이끄신 곳이다.

가기 전에 나는 꿈을 꾸었다. 꿈속에서 누가 용돈을 주었는데 어디다 썼느냐고 물었다. 나는 꿈속에서 반바지 속주머니에서 꺼낸 묵주를 보여주면서 이 묵주 하나 남기고 모두 썼다고 했다. 그 묵주는 파란 옥색 묵주였는데 묵주에 달린 십자가가 약간 비틀어져 있었다. 꿈에서도 그 십자가는 마음에 들지 않았다.

나는 꿈에서 깨어났고 그날은 주일이어서 성당에 갔는데 사무장님이 묵주 하나를 건네주었다. 그 묵주는 나무로 되어 있었고 십자가는 어젯밤에 본 것과 같이 비틀어진 십자가였다. 나는 사무장님께 도로 내밀면서 십자가는 맞아요, 하지만 색깔이 옥색이었어요. 바꾸어주세요

하자 사무장님께서 손을 내치시면서 그곳에는 나무 묵주만 있다고 하셨다. 그곳이 어디냐고 묻는 나에게 메주고리예도 모르냐면서 도서관에 가서 책을 빌려다 보라고 하셨다. 나는 그날 책을 빌려다가 밤이 새도록 읽어 내려갔다. 저자가 누구인지 장소가 어디인지 상관도 없이 읽어 내려갔고 나는 그날 밤에 그곳을 가야겠다는 마음을 먹었다. 이것은 초대라고 믿었기 때문에 다른 이유가 필요하지 않았다.

현실에선 내가 가게를 비우고 갈 수 없다는 것을 알았지만 나는 갈 수 있다는 믿음으로 바꾸었다. 몇 개월 뒤 명빈 첸시아 수녀님의 인솔로 메주고리예로 떠났다. 나는 그곳이 다른 나라인 줄도 몰랐다. 내가 지명을 잘 모르기도 했지만 이민 와서 사는 게 힘들어 다른 것을 신경 쓸 여유가 없었다.

우리 일행은 모두 103명이었다. 도착하여 첫 미사를 봉헌하고 요조 신부님 계신 곳으로 옮겨 세미나 같은 형식의 기도를 하고 받은 선물이 있었는데 묵주와 성모님 상본이었다. 그런데 그 묵주가 예전에 꿈에 본 옥색인 것이다. 놀라지 않을 수가 없었다. 나는 20장의 성모님 상본을 사고 숙소로 돌아와 레지오 단원 한사람씩 이름을 불러 그곳으로 초대하며 기도하고 카드를 적어 내려갔다.

카드를 적어 내려가다 보니 이 세상에서 내가 제일 힘들게 사는 줄 알았는데 그게 아니었다. 나는 그래도 영주권 있어 이곳까지 오고 보니 불평하면 안 된다는 생각이 들었고, 이곳에 영주권이 없어 못 오는 우리 본당 신자들한테 카드를 써야 하겠다는 마음이 들어 100장을 더 샀다. 내가 알고 있는 모든 사람들에게 꼼꼼히 적어 내려갔다.

그 다음날 발현산으로 올라갔다. 다른 사람들이 편지와 쪽지와 사진 등 여러 가지 사연들을 발현 성모님 발밑에 넣었다. 나는 그것들을 왜 넣어놓는지 물어 보았다. 그러자 소원을 적어 놓은 것이라 했다. 나는 정보가 없어 그냥 갔는데 그곳에서 성모님께 그동안 잊고 있던 일, 남가주에 통신교리를 할 수 있게 해달라고 청을 했다.

동행

　메주고리예에서의 마지막 토요일이다. 다른 일행들은 다른 곳을 방문하기로 했는데 나는 처음 십자산에 갔을 때 7처에서 아침에 뜨는 해가 성체모양으로 내게 다가옴을 보았다. 거의 내 손안에 들어올 것 같았는데 나는 내 손으로 그 성체를 만져보지 못한 아쉬움과 카드 100장을 모두 써야하겠다는 마음으로 인솔자에게 말을 하고 일행 속에서 빠져나와 십자가산으로 향했다.

　새벽3시, 숙소에서 30분은 걸어가야 십자가산 입구가 나오는데 약간은 무서운 생각이 들었지만 길을 재촉했다. 십자산 입구에 도착하여 제대 앞에서 기도를 하고 운동화를 벗어 배낭 속에 넣고 걸었다. 1처에서 기도하고 카드 쓰고, 2처에서 기도하고 카드를 쓰는데 아주 까만 개 한마리가 나타났다. 그 새벽에 무서울 법도 했지만 그 개는 오래 알고 지낸 것 같은 친근감으로 다가왔다. 3처에서 기도하고 카드를 쓰려하는데 개가 있어 부담스러웠다.

나는 개한테 말했다. 나를 도와주러 온 것 같은데 내가 할일이 많아 너에 속도에 못 맞추겠으니 다른 사람 도와주라고. 그러자 그 개는 내가 보이지 않는 곳으로 갔다가 카드를 다 쓰고 일어나면 또 나와서 같이 걸었다. 다음 처소에 가서 기도하고 카드를 펼치면 숨었다가 나타났다. 5처쯤 갔을 때 그 아침 해를 만났는데 그 신비함은 첫 날 같지 않았다. 그렇게 우리는 14처를 지나고 부활처를 지나 십자가 앞에 이르렀다.

나는 남은 카드를 모두 써내려갔다. 얼마가 지났을까 많은 사람들이 모여 있었고 그 개는 내 무릎에 기대어 자고 있었다. 카드를 정리하고 이제 모두 해냈다, 수고했다면서 혼자 중얼거리는데 그 소리에 개가 일어났다.

일어나서 앞발을 들어 나에게 인사를 하는듯 했다. 발을 들고 있는 개를 오른손으로 받쳐 들었다. 그러자 그 개는 내 눈을 바라보고 있었다. 나는 괜스레 조급해졌다. 나는 개의 눈을 바라보면서 중얼거렸다. 그래 개인 너도 하느님의 일을 돕는데 나도 내려가면 하느님의 일을 돕겠노라고, 나는 개와 약속을 한 사람이다. 그 개는 나에게 인사를 하는 듯 했다. 그렇게 개는 떠나가면서 동행은 자기처럼 상대를 배려하면서 함께 하는 거라고 가르쳐 준 것이다.

내가 순간순간 하느님을 잃어버리고 살다가 다시 돌아와 하는 말, '개만도 못한 나야'하고 중얼거린다. 사람은 누구나 자기가 한 말을 지키기 위하여 애 쓰다 죽는 것 같다.

20년이 지난 오늘도 나는 눈을 감고 그곳을 찾는다. 눈을 감고 다녀오고 나면 기운이 나고 행복하다. 성지순례 이야기를 하면 돈 많고 시간이 많은 사람들의 사치라고 하겠지만 정말 내가 살아가는데 영양제 같은 한 곳은 있어야 살아내는데 힘이 나는 듯하다.

야생화

메주고리예에서 마지막 전 날, 나의 일행 중 많은 사람들이 나의 행방이 궁금했나보다. 마지막 미사를 드리기 위하여 들판을 가로 질러 걸어가고 있는데 내 뒤를 따라 오던 켄터키에서 오신 자매님께서 따지듯 말을 건넨다. 아니 카드를 쓰느라고 어제 함께 하지 않았다면서 나는 왜 카드를 주지 않느냐고 물었다. 나는 거친 그분의 말에 약간은 당황했다. 나중에 알고 보니 외국 사람과 오래 살아 온 분들 중에 배우자와 큰소리로 이야기 해온 습관과 한국말을 오래 하지 않았기에 생긴 서툰 대화법이었다.

지금처럼 유튜브가 있던 시절도 아니었고 신앙생활은 한국에서 철지난 반모임지 하나로 소통하고 있던 중이었으니 엘에이에서 유명한 강사와 사제들이 넘치는 속에 살아온 우리의 머리는 이티가 되어있고, 소화를 못 시켜 소화 불량에 걸려 늘 꺼윽거리고 있던 우리와는 사뭇 다른 모습이었다.

나는 그 자매님께 말했다. 여기 함께 와 보았는데 왜 나한테 카드를 기대하세요. 저는 여기 못 오신 분들을 위해 쓴 거예요. 그러자 자기는 성모님이 아무것도 주지 않아서 받은 게 없다는 것이다. 나는 묵묵히 걸었다. 안쓰러워 죽을 지경이었다. 그런데 걸어가던 길 한쪽 바위 틈 속에 야생화 한 그루를 발견하고 와서 보라고 권했다. 그 자매님은 와서 보고 예쁘네요 한마디 건네고 총총히 가셨다.

　나는 미사 내내 그분이 마음이 쓰였다. 결국 돌아와 카드 하나를 적었다.

자매님!

우리는 낮에 보았던 한 송이 들꽃 같은 사람이 아닌가 싶어요.

누가 보아 주지 않아도 하느님께서 지으신 대로 자라나 꽃을 피우고 다소곳이 있다가 때가 차면 시들어 다시 본향으로 가는 게 아닐까 싶어요.

하느님께서는 어느 곳에서 꽃을 피우던지 자기의 소명을 마친 우리들에게 마지막 그날에 수고했다고 말씀하시면서 맞이하실 것 같습니다.

　이렇게 적어 버스를 타고 떠나려는 그분의 손에 쥐어 주었다. 우리는 독일 공항에서 다시 만났다. 그분은 울고 있었다. 내 카드가 아니었으면 허탕 칠 뻔 했다면서 기쁨

반, 슬픔 반으로 울다가 웃다가 하셨다. 나는 내 글 내용이 좋아서가 아니라 성모님께서 터치 했다는 확신 때문이라 믿었다. 그분은 켄터키로, 나는 엘에이로 떠나왔다.

메주고리예의 만찬

　메주고리예에서 일주일 함께 보내기로 한 기간 중에 오일이 지난 날이었다. 요즘은 모르겠지만 2000년도에 메주고리예의 식단은 아주 간소했다. 딱딱한 빵과 약간의 스프가 전부였다. 20여 명이 한 숙소를 썼는데 식탁에 앉은 우리는 처음 앉았던 그 자리를 고수했다.

　나도 항상 같은 자리에 앉아 있었고 내 앞에는 켄터키에서 60세 생일 기념으로 오신 체격이 건장한 자매님이 자리를 지키셨다. 매번 먼저 오는 사람이 있는가 하면 꼭 늦게 오시는 분이 있었다. 그날도 나는 먼저 갔다. 나는 건의를 했다. 오늘은 먼저 오신 분들이 조금 기다렸다가 모두 오시면 식사 기도라도 함께 하고 식사를 같이 하면 어떠하신지요? 그러자 그렇게 하란다.

　하지만 나는 문을 등지고 앉아 있었기에 사람들이 모두 온 줄을 모르고 있었다. 그러자 내 앞에 계신 분이 큰 소리로 아델라가 기다리자고 했으니 식사기도를 하라고 하신다. 나는 너무 놀라서 한다는 기도가 그만 노래를 하고 말았다.

"은혜로이 내려주신 이 음식과 저희에게 강복하소서 아
~~멘."

큰소리로 노래를 마치자 내 앞에 계신 그분이 울기 시작
했다. 처음에는 조금씩 울더니 나중에는 감당하지 못할
울음에 우리는 모두 놀랐다.

"제가 기다리라고 해서 배가 고프셨어요?"

나는 그분을 달랬지만 대답이 없으니 모두 잠자코 기다
릴 수밖에 없었다. 얼마동안을 울고 나시더니 눈물을 닦
고 한 마디 하셨다.

"이렇게 아름다운 노래가 있는지 몰랐어요."

우리는 모두 웃으며 아침 식사를 했고, 그 시간 동안 많
은 이야기를 나누며 울고 웃고를 번갈아 가면서 밥이 어
디로 들어갔는지 모를 정도로 행복한 시간을 보냈다.

그분이 사시는 켄터키에는 군인 가족이 많았다고 한다.
주일 미사 때 말씀의 전례는 옆방에서 따로 하고 성찬의
전례를 하기 위하여 본당 안으로 들어가 함께 하는 형식
으로 한다는 말에 큰 감동을 받았다. 그 어려움 속에서도
가톨릭 신앙을 지키고 살아온 그분들이 작은 성인들 같
았다.

나는 그 때 아이들 대학 가고 나면 미국 작은 공소를 돌

아다니면서 하느님 이야기를 하고, 듣고 하는 일을 하고 싶다는 기도를 드린 적이 있는데, 그 기도를 20년이 지난 지금도 받아주시는 것 같다.

기도의 응답

메주고리예를 다녀오고 1년쯤 지난 사순절 성 목요일. 나는 그날을 잃어버릴 수가 없다. 그날 복음은 마태복음 26, 17-30 최후의 만찬이었다.

복음을 읽어 가면서 선생님은 언제나 미리 준비 하신다는 것을 알았다. 그래서 나도 오늘은 어디다 쓸까를 생각하며 하루를 지내고 있던 중 메주고리예로 인솔하셨던 명 수녀님께서 오셨다.

수녀님이 오실 때는 우리집 앞에서 '빵빵'하고 자동차 소리를 내신다. 그 소리에 나는 대문을 열고 바로 된장찌개를 끓인다. 밥은 항상 밥솥 안에 있기에 된장찌개만 끓이면 되었다. 외국 수도원에 계시니 항상 한국 음식이 그리우실 거라는 생각 때문이었다.

수녀님은 식사를 하시면서 혼잣말처럼, "나는 내 차 안에 통신교리가 실려 있는데…" 거기까지 이야기를 듣는 순간 수녀님 말씀이 끝나기도 전에 제 사업을 가로채시면 어떻게 하느냐고 따져 물었다.

제가 메주고리예에서 성모님께 통신교리를 남가주에서 하게 해달라고 청을 했고 또 수녀님께 사업계획도 말씀드렸는데 어떻게 수녀님께서 그 책을 가지고 계시냐고도 여쭈었더니 설명을 해주셨다.

바실 성당을 다녀오는 길인데, 박병준(필립보) 신부님께 샌디에이고 공동체 때문에 책 100권을 가져 왔는데, 박스를 열어보시더니 책을 예비자한테 보내고 채점하고 하는 일들이 보통 힘든 게 아니라면서 미국에서 살고 계신 수녀님이 가지고 가서 해결 하라고 했다는 것이다.

그래서 차에 싣고 나왔는데 누군가가 이 통신교리에 대하여 말을 했었지만 워낙 많은 인원이 함께 메주고리예를 갔었기에 나를 기억하지 못했다. 그런데 성모님은 우리집으로 책을 보내신 것이다. 나는 내가 드렸던 기도의 응답으로 받아드렸다.

내가 남가주에 통신교리를 고집하는 이유는 내가 어렸을 때 통신교리로 세례성사를 받은 은혜 때문일 것이다. 사촌언니의 권유로 통신교리를 시작하여 공부를 마치고 수료증이 왔는데 내가 다니던 회사 정문에서 그 편지를 내게 전해주지 않았다.

나를 경비실에 세워놓고 봉투에 적힌 '통신교리 교육위

원회'니 '천주교 중앙우체국 사서함'이라는 글자에 수상한 생각이 들었는지, 미리 놀란 경비 아저씨는 이 안에 무엇이 들어 있느냐고 나를 심문했다. 나는 천국 가는 열차표라고 대답했다. 그 시절에는 가장 빠른 교통수단이 기차라고 생각했기 때문이었다. 그 뒤부터 천주교에 대하여 온갖 질문을 했는데, 그때는 왜 그러는지 잘 몰랐다. 결국 회사에서는 나에게 각서 한 장을 쓰라고 했다. 절대로 노동운동은 하지 않겠다고. 그리고 나중에야 알았다. 인천 동일 방직회사에서 가톨릭 노동운동으로 대단한 일들이 벌어지고 있다는 것을….

골롭반 사제들, 특히 양노엘 신부님이 우리 노동자들을 위하여 고생하셨다는 것을 알고 난 뒤에야 JOC라는 단체에 대하여 공부하게 되었다. 나는 그렇게 세례성사를 받아 남가주에서 20년이 넘도록 천국 가는 열차표를 얻어내는 이들에게 봉사하게 된 것이다.

어머니의 고백

작은 딸의 결혼이 늦어지면서 나는 엉뚱한 생각을 하게 되었다. 작은 딸이 혹시 성소가 있나 싶어 경상도 연화리 피정집을 방문하게 되었다.

작은 딸은 이미 한국에서 1년을 계획하고 있었기에 일주일의 시간을 내어 한국을 방문 했고, 나는 친정어머니와 막내 동생과 그리고 작은 딸 이렇게 네 명이 연화리를 가게 된 것이다. 어머니는 무슨 연유에서 그러셨는지 모르지만 흰 가래떡을 옛날에 쓰던 '석작'이라는 바구니에 담아 친정집에 가듯 정성스레 가지고 가셨다. 그곳을 가기 전에 미국에서 잠깐 모시고 있던 수녀님이 대구 병원에 계셨기에 뵙고 가려고 병원에 들렀다.

그분은 나에게 잠언서 같은 지혜를 많이 가르쳐 주신 분이다. 말로서가 아니고 행동으로. 예를 들어 꽃집 하는 나에게 병원방문 할 꽃을 오더하면서 20불 짜리라고 말했다. 그러면서 꽃을 한 송이도 더 넣지 말란다. 내 마음이 이미 20불만 쓰기로 했으니 더 넣어보아야 낭비라고 하셨다. 그런 말씀들은 내가 살아가는데 참 많은 도움이 되었다. 그분은 항상 마음이 어디 있는지를 확인하며 사셨다. 그래서 뵙고 싶었으리라.

수녀님께서는 어머니를 사무실로 올라오라고 하시는데 어머니는 기어이 사양하셨다. 물 짜게 생긴 사람이 그런 사무실에 드나들면 수녀님 체면 깎인다고 안 가신다 하여 할 수 없이 우리는 약을 타기위에 기다리는 병원 대합실 의자에 앉아 이야기를 했다. 토요일 오후였기에 그곳이 비어있었기 때문이었다.

어머니는 차를 오래 타서인지 소화가 안 된다면서 그곳 의자에 누워 계셨다. 그런데 지나가던 간호원들이 간호원장으로 계신 그 수녀님께 인사를 하며 지나가자 어머니는 놀란 표정으로 벌떡 일어나셨다.

"근게 높은 사람인가벼, 왠 사람들이 인사를 그리 많이 한디야. 가자, 우리가 있을 곳이 아닌듯 혀." 나도 어머니 말이 맞다는 생각이 들었다.. 우리가 있을 곳이 아니었다. 잠깐 뵙고 싶은 마음에 갔던 것이 너무 시간을 많이 뺏은 것이다. 내가 그 수녀의 안부를 안 물어도 잘 계시는 분을 주제넘게 인사를 드려 시간을 빼앗은 게 아닌가 싶었다.

우리는 일어서서 연화리로 들어갔다. 그곳에 몇 분의 수녀님이 계셨는지 알 수 없지만 우리가 쉬고 있는 방으로 수녀님들이 종종 놀러 오셨다. 그 중에는 어머니와 같은 동갑 수녀님도 계셨고 많이 어린 수녀님들도 계셨는데 어머니는 특유의 전라도 사투리를 쓰셔서 수녀님들이 즐거워하셨다.

"아니 늙으면 자식이 있어야 헌디, 어쩌스까 근게 뭐 땜시 이렇게 혼자 사요."

수녀님들은 배를 거머쥐고 웃으시며. 늦도록 이야기꽃을 피웠는데, 어머니의 결론은 한 가지였다.

"사람은 꼭 자식이 있어야 헌디, 어쩌스까…".

다음 날 나는 십자가의 길을 나섰다. 내가 십자가의 길을 가려고 나서니까 어머니도 따라 나서시더니 한 처, 한 처를 천천히 따라 다니셨다. 12처에 도착하여 예수님이 십자가에서 돌아가심을 묵상 하고 있는데 어머니께서 예수님의 두 발을 포개 놓고 못 박은 자리를 매만지시면서 한 말씀 하셨다.

"아니, 하느님 아들 이랍선 뭐 헐라고 와갔고 이 고생이요."

나는 어머니의 말씀을 듣고 주저앉고 말았다. 천주교 신자도 아닌 분이 어떻게 저런 고백을 할 수 있는지 이해가 가질 않았다. 하느님의 아들이라는 것을 나는 성서와 교리를 통해서 알고 있을 뿐 진심으로 하느님의 아들이라고 내 가슴 저 밑바닥에서 부터 우러나와 고백한 적이 없었다. 그래서 여쭈어 보았다.

"엄마는 어떻게 알았어요? 예수님이 하느님의 아들이라는 걸?"

어머니의 대답은 세상 사람들이 다 알고 있다고 대답했다.

"그러면 왜 이 세상에 오신 줄도 알겠네요?"

"그건 어려운 일이제, 우리가 가난하게 산 죄 밖에 없는데 자꾸만 뭔 죄가 있다고 허니까 불편하단다."

돌아오는 길에 분도 수도원에서 일요일 미사를 드리기 위하여 들렸다. 낮 기도를 시작하고 드리는 미사를 어머니께서는 지루하신지 나가신다고 하셨다. 그래서 밖으로 모시고 나오는 중에 또 한 말씀하셨다.

"저렇게 잘 생긴 남자들을 데려다 장가도 안보내고 혼자 살게 두면 어쩌란 말이냐?" 어머니는 불평 아닌 불평을 하셨다. 나는 돌아오는 길에 이야기 했다. 세상에는 누구인가의 희생으로 우리가 살고 있으니 항상 감사 하며 살자고 하자 어머니는 잘 모르겠다고 하셨다. 하지만 그런 어머니도 돌아가시기 2년 전에 대세를 받고 돌아가셨으니 어머니는 이미 천국에 계신다고 나는 믿는다.

딱 세 단어

어려서 자고 일어나면 두런두런 부엌에서 이야기 소리
가 들렸다. 나는 생각했다. 누가 어젯밤에 또 싸웠구나.
부엌에서 들리는 소리 중 어머니 목소리는 항상 딱 세 단
어였다. 아~ 그랬구나, 속상허갰네, 그래도 참아야지….

누가 와서 이야기를 해도 이 세 단어 외에는 더 이상 말
씀을 하지 않으신다. 나는 궁금해서 여쭈어 봤다.

"아니 이야기를 하러왔는데 엄마는 왜 맨날 똑같은 말
만 해서 보내세요?"

"그들도 다 알아. 알면서도 답답하니까 이야기 하러 온
것뿐인데 다른 말이 왜 필요해. 그냥 들어만 주면 되는 거
지. 그들이 이야기 하다보면 답이 나오거든. 그래서 답을
얻어가는 거여."

맞다. 살아보니 다른 말이 필요 없었다. 동네 어른들이
어머니를 찾는 이유는 어머니 귀에 들어가면 절대로 다
른 이들한테 들어가지 않는다. 귀가 둘인 것은 한쪽 귀로

듣고 한쪽 귀로 흘려보내라고 했다. 그러면 좋은 말도 흘려보내느냐고 묻는 나에게 어깃장 놓지 말라고 하신다. 좋은 말은 얼른 가슴으로 보내고 머리에 새기란다.

그런 어머니 밑에 자란 나는 나이 60이 넘어서야 알겠다. 다른 이들의 이야기를 들을 때 딱 세 단어만 필요함을.

툇마루에 고구마

어린 시절 우리집은 읍내에 있었다.

읍내에 5일장이 서면 어머니는 항상 겨울에는 고구마, 여름에는 하지감자를 쪄 툇마루 위에 놓아두신다. 그 옆에 육각형으로 된 성냥과, 습자지로 된 담배를 말아 피는 종이 그리고 풍년초라는 담배가 함께 놓여 있다.

읍내 장에 왔다가 우리집보다 더 멀리 멀리 걸어서 가야하는 분들이 지나가다가 우리집에 들러 화장실도 가고 우물에서 물도 마시고 담배도 한 대 피우면서 감자나 고구마로 요기를 하고 떠나라는 것이다. 참으로 지혜로우신 분이셨다.

시골 인심은 언제나 넉넉했다. 지금은 너무 먹을 것이 흔하여 누구 집 툇마루에 놓인 음식을 거들떠보지도 않겠지만 나는 가끔 우리 세대가 지나고 언제까지 흥청망청 먹고 마시며 지낼 양식이 있을지 나이든 세대의 노파심이 든다.

고구마하면 나의 어린 시절이 생각난다. 우리 어린 시절은 참으로 가난했다. 겨울이 되면 더더욱 먹을 것이 부족해서 긴긴 겨울밤을 나기위한 대책으로 찐 고구마가 항상 윗목에 있었다.

나는 자다 일어나 소변을 보고 고구마 하나를 가지고 이불 속으로 기어들어가서, 가지고 들어온 고구마를 다 먹지도 못하고 잠이 들었다. 딸이라고 따뜻한 아랫목에 자리한 나는 먹다만 고구마가 내 머리에 짓이겨져 엉켜있는 걸 아침에 일어나서야 깜짝 놀라곤 했다. 당분이 많은 고구마가 머리카락에 붙어있는 걸 보신 어머니는 잔소리를 하시면서 행주로 내 머리를 쥐어박듯 엉킨 고구마를 닦아내셨다. 그 때 우리 부엌은 흙으로 된 부뚜막이었고 행주가 지금의 걸레보다 더 더러운데도 나는 꼼짝도 못하고 머리통을 대고 있었다.

어느 날 드디어 사건이 생겼다. 고구마가 묻은 내 머리를 어머니가 가위로 싹둑 잘라낸 것이다. 나는 울고불고 하다가 책보를 뒤집어쓰고 학교를 갔다. 그 뒤에 고구마가 이불 속으로 가는 일을 없었다.

지금도 마켓에 나온 고구마를 보면 그 때 그 장면을 떠올리면서 어머니를 그리워한다. 세상 모든 어머니는 수호천사일 것이다.

3부

요한복음 10장 30절

어느 일요일 아침, 성당 마당에서 몇 사람들이 이야기 했다. 1시간 30분 정도 들어가면 집 한 채에 이십만 불 정도 한다고, 모두 그 쪽으로 들어가 집 한 채씩 사자고 한다.

나는 일단 미사 드리고 성당에서 가까이 살고 있는 우리 집에서 모여 이야기 하자고 했다. 그리고 미사를 드리는 데 그날 복음이 귀에 들어왔다.

예수께서 이렇게 말씀하셨다. "어떤 사람이 예루살렘에 서 예리고로 내려가다가 강도를 만났다. 강도들은 그 사 람이 가진 것을 모조리 빼앗고 마구 두들겨서 반쯤 죽여 놓고 갔다. 마침 한 사제가 바로 그 길로 내려가다가 그 사람을 보고는 피해서 지나가 버렸다. 또 레위 사람도 거 기까지 왔다가 그 사람을 보고 피해서 지나가 버렸다. 그 런데 길을 가던 사마리아 사람은 그의 옆을 지나다가 그 를 보고는 가엾은 마음이 들어 가까이 가서 상처에 기름 과 포도주를 붓고 싸매어 주고는 자기 나귀에 태워 여관으로 데려가서 간호해 주었다.

다음 날 자기 주머니에서 돈 두 데나리온을 꺼내어 여관 주인에게 주면서 부탁을 했다.

"저 사람을 잘 돌보아 주십시오. 비용이 더 들면 돌아오는 길에 갚아 드리겠소."

사마리아인은 다시 한 번 부탁을 하고 떠났다.

"자, 그러면 이 세 사람 중에서 강도를 만난 사람의 이웃이 되어 준 사람은 누구였다고 생각하느냐?" 율법교사가 대답했다.

"그 사람에게 사랑을 베푼 사람입니다."

예수께서 그를 향해 말씀하셨다.

"너도 가서 그렇게 하여라."

이 복음은 '착한 사마리아 사람'이다.

나는 왜 이 복음이 엉뚱하게 들렸을까. 나는 착한 사마리아 사람으로 안 들렸고, 예수님이 이 세 사람 중에 누가 그리스도를 만나게 해 준 사람이냐? 이렇게 들렸다. 그러면서 생각했다. 맨날 불평이 많은 남편에게 지금 살고 있는 집을 팔아 이십만 불짜리 집 한 채를 사서 이사를 하면 페이먼트가 없어 불평을 안 할 것 같았다.

그러면 남편은 그리스도를 만나게 되는 걸까. 우리는 그날 이후 몇 차례에 걸쳐 시골을 다니면서 기어이 집을 먼저 사고 살던 집을 팔아 옮겼다.

예전이나 지금이나 덜렁대는 나는 긴 생각도 안하고 시골에 성당도 없을 것이니 재속 프란치스코회나 들어가 아침, 저녁 주어진 성무일도와 매달 한 번씩 나와 공부 하는 걸로 정하고 프란치스코회에 들어갔다.

그 뒤에 내가 성서를 대하는 것이 바뀌었다. 성서는 죽어있는 글이 아니고 잘못하면 내가 듣고 싶은 대답으로 들리며 성서는 늘 살아 움직이는 글로 대한다. 흔히 성서 말씀을 붙들고 살아가라 하는데, 내 경우는 반대로 말씀이 나를 자꾸 붙드시는 듯하다.

안 그래도 꽃집에 들어왔던 강도 사건 이후 도시생활이 지루한 터라 미련 없이 이사를 할 수 있었다.

2.5 에이커

우리가 집을 정할 때 작은 집 한 채가 있었다. 우리는 그 집이 전부인줄 알았는데 위에 창고가 하나있었고 그 아래로 나무가 심어진 농장이 있었는데 그것은 우리와 상관없는 땅인 줄 알았다.

우리는 한 번도 에이커라는 소리를 들어 본적이 없었으므로 잘 몰랐던 것이다. 소개를 해 주려고 같이 간 부동산 중개인도 몰랐으니 말을 해 뭐하랴. 그 집은 2년을 비워놓은 상태이므로 주인한테 상세한 설명을 듣지 못한 것이다.

나중에 계약할 때쯤에야 우리는 그 쪽 땅도 우리 땅임을 알았고, 집을 사고 나서 이사 오기 전 창고를 개조했다. 그 창고를 개조하여 방 1개와 화장실 1개를 만들고 나머지는 큰 홀로 만들었다. 우리는 그곳을 만들어 기도의 장소로 쓰고 싶었던 것이다.

예나 지금이나 대책 없는 나는 며칠 뚝딱하면 방이 만들어 지는 줄 알았다. 그래서 그 해 9월 마지막 날 오픈 미사를 드리기로 했다.

나는 각 성당에서 3명 아니면 4명씩을 초대했다. 그리고 친구들 포함하여 104명이 모이기로 한 것이다. 미사는 가톨릭 신문사 신부님이 오시기로 했고 그날을 기다리는데 진행된 공사는 겨우 벽만 막아놓은 상태였다.

우리는 하는 수 없이 바닥이 다 되지 않은 곳에서 미사를 드렸다. 60명 정도 들어가는 곳인데 미사를 밖에서도 드렸다. 우리는 가난이 체질인 듯, 부족함 가운데서 치른 그날 미사는 정말 아름다웠다. 그날 이후 그곳은 젊은이들의 피정 장소로도 쓰였고 어른들의 소그룹도 모였다.

이곳 황량한 땅에 성당이 생길 때 까지 공소 미사를 드렸는데 당시 어떤 사람의 시기와 질투가 심해서 옥에 티라고 생각했는데, 그 사람이 떠난 자리에 또 다른 한 사람이 같은 시기 질투를 하고 있다. 딱 그 한 사람만 빠지면 될 것 같은데, 그 사람이 빠지면 어떻게 그 자리가 또 반드시 메워지는지 아무리 생각해도 신기할 뿐이다. 정신 바짝 차리면서 내가 그 자리를 메꾸러 가지 않기를 기도할 뿐이다.

우리는 10년을 그렇게 살았다. 10년 후 수녀원이 가까이 자리 잡을 때 주님께 말씀 드렸다. 이제는 제가 좀 쓸

게요. 그러면서 처음 들어올 때 강 베드로라는 분이 나무 뿌리로 만들어 주신 제대와 독서대 그리고 의자까지 수녀원으로 보내드렸다. 지금도 그 제대는 수녀원에서 미사를 드릴 때마다 한 몫을 다한다. 피아노도 보내고 나서 우리는 그곳을 장사하는 곳으로 썼다.

여러 젊은 단체가 그곳을 사용했는데 특히 젊은 유학생들이 많이 다녀갔다. 그들 중 1박을 하고 간 유학생들이 떠난 자리에 쓰레기통에는 먹다 만 음식과 음료수, 스낵들이 모두 버려져 있었다. 그 학생들은 자기가 돈을 벌어 쓰지 않기 때문에 귀한 것이 없는 것 같았다. 그들이 한 번 더 장소 쓰기를 원했다. 나는 지난 번 상황을 자세히 설명해 주면서 절대 버리지 말라고 주의를 주었다. 그들은 순순히 내 말에 귀 기울여 주고 내 뜻을 이해한 듯 잘 받아주었다. 아마 지금은 그 때 그 젊은이들도 주어진 환경에 잘 적응하는 자세로 감사하며 어른이 되어 있을 것이다.

돌이켜 보면 그곳은 생각해보지도 못한 시골살이었다. 그때나 지금이나 수시로 왜 하느님이 그곳으로 보냈는지 묵상하면서 사랑의 몸짓을 했던 그곳을 그리워한다.

야생동물

이사 들어온 집에는 피스타치오 나무가 230그루나 있었다. 4월 말쯤 이사를 했는데 5월이 되니 피스타치오 나무가 꽃을 피워냈다. 정말 예쁘게, 거의 포도송이만한 크기로 탐스럽게 달려 있었다. 우리는 물 공사도 다시하고 수확할 꿈을 가지고 있었다.

피스타치오 수확은 9월에 하는데 7월 어느 날 쳐다보니 다람쥐가 나무 위에서 공연을 하고 있었다. 사람들에게 열매를 따라고 농장 안에 들여보내면 좋은 걸 따기 위해 모두 흩어져 움직이는데 다람쥐는 맨 끝에서 시작하여 한 나무를 모두 없애고 다음 나무를 공격한다. 끝에서 위로, 위에서 밑으로 한 줄, 한 줄 공격을 하는데 230그루를 7일 만에 해치우는 것이었다.

기가 막혔다. 어떻게 다람쥐가 사람보다도 협동심이 이렇게 강한지 이해할 수가 없었다. 친정아버지께 전화를 했다. 다람쥐가 먹어치운 이야기를 하자 아버지께서는 "앗따, 속상허건는디." 하시면서 큰 쓰레기통에 물을 조금 담아 놓고 땅에서 들어갈 수 있도록 사다리를 놓아두란다. 더위에 목이 말라 먹어치운 거라고 하셨다. 나는 시키는 대로 했다. 중간 중간 물통을 배열했다. 며칠 뒤 가서 보니 물 먹으로 들어갔다가 나오지 못하여 수도 없이 죽어있었다. 치울 엄두도 못 내고 지냈는데 죽은 다람쥐는 까마귀가 와서 가져갔다. 우리는 결국 두 손 들고 피스타치오 나무를 모두 캐냈다.

피스타치오를 캐낸 자리에 매실과 오디나무 그리고 대추나무를 심었다. 닭도 키웠는데 닭장 근처로 호박을 심어 주렁주렁 열렸다. 열린 호박을 주말에 손님들이 오신다하여 남편보고 따오라고 했다. 남편은 다녀오더니 호박이 눈에 보이지 않는다고 한다. 나는 호박도 모르고 시골살이를 어떻게 하려고 하느냐고 중얼거리면서 가서 보니 호박은 정말 온데 간데도 없다.

한두 개 정도면 이해를 하겠는데 엄청나게 열어서 먹고 나머지는 싸서 보내려 했는데 모두 어디로 갔단 말인가. 자세히 보니 역시 다람쥐였다. 다람쥐 덫을 사다가 하루에 21마리씩 3일을 잡아냈다. 그 뒤는 더 못했다. 다람쥐 시체를 더는 치워낼 수가 없을 만큼 역겨웠다.

가을이면 대추 또한 새와 다람쥐가 먼저 먹어치워 맛이 들은 대추를 먹어볼 수가 없었다.

어느 날 프란치스코 재속회에서 프란치스코 사부님이 야생동물과도 이야기를 했다는 공부를 했다. 나는 집에 와서 적용시켰다. 아침에 일어나 나오면서 나보다 일찍 일어나 대추를 먹고 있는 새들에게, 또 다람쥐 등 모든 야생동물들에게 인사를 건넨다. 나는 잘 잤는데 너희들도 잘 잤니? 내가 물주고 거름 주어 농사를 지었으니 내 것을 남겨 주어야 하지 않겠니. 지나가면서도 수시로 이야기 했다. 정말 알아듣는 것처럼 그 해부터 우리 먹을 것을 남겨 주었다.

2년을 비워둔 집을 사서 들어왔기에 야생동물들은 자기네 집에 침입자가 들어왔다고 생각 하여 오히려 우리를 원망 한다. 5년 후부터는 내가 주인인 걸 인정하여 나를 보면 도망도 가고 비켜도 준다.

이웃에 사는 분 댁에는 여러 가지 과일 나무가 많았다. 그분이 하루는 전화를 하셨다. 체리 철이었는데 와서 가져다 먹으라고 연락을 하신 것이다. 그러면서 내 이야기 좀 들어보란다.

"이 농장 주인이 나잖아,"

"그런데요?"

"글쎄 내가 체리를 따고 있는데 내 머리위에 앉아 체리를 먹던 새가 내 얼굴에 똥을 싸는 거야. 주인이 오면 비켜는 줘야 하잖니."

　나는 웃고 말았지만 아무것도 먹을 것도 없는 이 척박한 사막에 그토록 맛있는 과일을 심어준 그분들께 얼마나 고마워했을까 싶다. 사람이 먹던, 야생 동물이 먹던 하느님 보시기에는 같을 것도 같다.

　닭 이야기도 해야 할 것 같다. 인도 사람 가정이 우리집에서 피스타치오 나무를 캐가면서 가져온 닭을 계기로 몇 마리를 키우게 되었다. 나는 혼자 집에 있는데 자꾸 닭장 안으로 무엇이 지나가는 듯 했다. 잘못 보았나 싶어 신경을 쓰지 않았는데 닭장 안에서 작은 굴로 들어가는 것을 드디어 보았다. 나는 닭장으로 들어가 엎드려 굴을 들려다 보았다. 그 굴에는 다람쥐가 계란을 가져다 엄청나게 쌓아 놓았다.

　그 이야기를 먼저 이사 오신 분께 했더니 그분은 쥐가 계란 가져가는 것을 보았느냐고 물으신다. 아니 쥐가 계란을 어떻게 가져갈 수 있는지 의아하게 생각하는 나에게 쥐는 계란을 가지고 누워 있으면 다른 쥐가 누워있는 쥐의 꼬리를 물고 간단다. 이 정도 되면 할 말이 없다. 사람이 가장 지혜롭다고 생각했는데 어떻게 쥐가 협동을 할까.

　내가 존경 하는 분이 계시는데 내가 무슨 일을 하다가 잘 안 되어 포기한다고 하면 그분은 사람이 두더지만도 못하느냐고 야단을 치신다. 그분 이야기를 들어보니 그분의 뒷마당에 귀한 약초와 야채를 심어놓고 두더지와 무한이 싸우다 밭 울타리 밑을 2ft를 파고 양철로 모두 돌리고 이제는 안심이다 하시며 두 다리 펴고 지냈다고 하셨다. 그런데 며칠이 지나 내다보니 뒷밭에 어느 사이에 두더지가 다녀갔더란다. 기가 막혀 3일 밤을 지새웠는데 밤이 되자 옆집 전봇대를 타고 올라와 전깃줄을 타고 밭으로 떨어지더란다.

　어떻게 두더지의 머리에서 그런 생각을 했는지 나는 듣고 또 들어도 이해할 수가 없었다. 그래서 그분은 무슨 일을 하다가 안 되면 두더지만큼이라도 생각을 하란다. 맞는 말씀이다. 모든 피조물을 함부로 대하면 안 된다는 것을 시골 들어와 야생동물들한테서 배운다.

화가 풀리면 인생도 풀린다

관절이 나빠 병원을 다녀오면서 친구 집을 들러 이야기를 나눴다. 병원에 다녀오는 길인데 관절약을 먹으라고 한다는 것과 내가 그 약을 먹으면 위장이 좋지 않은 관계로 두렵다고 했다.

친구는 2층으로 뛰어 올라갔다. 뛰어 올라간 친구는 책한 권을 들고 내려왔는데 『화가 풀리면 인생도 풀린다』라는 책이었다. 틱낫한 스님이 지은 책인데 이 책을 주면서 읽어보고 결론을 내리라고 했다. 오래 전 일이지만 나는 그 책을 읽고 나서 유기농에 관심을 가지게 되었다.

마켓에 진열된 제품들을 아무런 의심도 없이 사다먹고 있던 나에게 작은 균열이 일고 있었다. 그때부터 나는 한 가지, 두 가지 심어 먹고 있었고 땅에 제초제를 왜 안 뿌려야 하는지, 닭장에 가두어 키운 계란을 왜 먹으면 안 되는지 공부하기 시작했다. '화'가 쌓인 제품을 우리가 먹는다면 그 '화'가 우리 안에 쌓여 내 몸 안에 독으로 저장된다는 것을 알고 난 뒤부터 먹는 것에 많은 관심을 두었다.

아무렇게나 먹어도 괜찮은 사람들도 있겠지만 오랜 시간 음식에 관심 두며 살펴왔다. 이제 60살이 넘은 지금에는 육식도 한 달에 한두 번으로 제한한다.

그러면서 기억 하고 싶은 것은, 먹는 것도 중요하지만 내 마음 상태가 제일 중요함을 이제야 알아가고 있다. 먹는 것에 독소가 50이라면, 마음을 잘못 써서 생긴 독소는 100이다.

화는 내가 내면 그 화가 고스란히 내안에 머문다. 내가 상대에게 화를 내 보았자 그 상대가 받아들이든지 아니든지 상관없이 내 것으로 남는다.

지금 생각하면 정말 어리석었다. 나는 수시로 내 몸에게 말한다. 미안했다고

'남은 삶을 살아내는 것은 나와의 화해'이다.

길동무

친구를 보면 그 사람을 안다고 한다. 내가 지금 무슨 일을 하고 있는지 정확히 알고 싶으면 내 주위에 만나는 이들이 누구인지 보면 알 수 있다.

나는 유기농과 GMO를 공부 하면서 가주 생협이라는 곳을 알게 되었다. 그곳은 옳은 먹거리를 찾아 함께 공유하는 공동체인데 우리 입에 들어가는 음식에 상상도 못할 일들을 저지르고 있다는 것을 알게 되었다. 농장에 제초제를 왜 쓰면 안 되는지, 왜 non GMO를 먹어야 하는지에 대하여 알게 되었다.

어느 날 그 공동체와 회식하는 장소에서 묻는다. 천주교 사람들은 실천하며 사는 사람이 많은가요? 무얼 실천한다는 거죠? 나도 물었다. 그러자 EM을 홍보하는 어거스틴님, EM을 사용하여 천연비누를 만드는 모니카님, 발효음식을 고집하는 아델라님 모두가 천주교인 걸 보면 천주교인들은 알고 지나치는 것이 아니라 실천하는 사람들

같다고 했다. 나는 그 말을 오래 기억한다. 선교는 누구
한 사람을 성당으로 데려 오는 것이 아니라 하느님은 사
랑이라는 걸 알게 하는 것이구나.

　아직도 가주 생협은 나에게 귀한 인연으로 남는다. 언제
어디서나 그 젊은이들을 나는 응원한다.

　나에게 기억 되는 또 한 가지, 발효 음식을 하면서 만난
이웃들이 있다. 좋은 음식을 찾는 사람들은 좋은 마음가
짐이 있다. 미국 각 주에 나와 인연을 맺은 이들도 나를
영과 육으로 살게 했다. 천국은 죽어서 가는 곳이 아니고
살아서 가는 것이 맞는 듯하다. 좋은 인연이 많으면 행복
하다. 지금 이 순간, 매 순간을 잘 살아내면 잘 죽을 수 있
음을 알게 하신 나의 주님께 감사드린다.

상사화

이곳 미국에서 9월이 되면 어김없이 피는 꽃이 있는데 상사화라고 한다. 그 꽃은 여름 내내 소식이 없던 그 자리에 붉은 꽃을 먼저 피워내고, 꽃이 완전히 지고 나면 푸른 잎이 돋아 나온다. 그 꽃과 잎이 서로 본 적이 없다하여 상사화이다.

이 꽃을 볼 때 마다 아버지를 몹시 그리워한다. 아버지도 참으로 꽃을 좋아 하셨다. 어린 시절 시골 살림은 참으로 어려웠다. 아버지는 이 동네, 저 동네를 돌아다니시면서 일을 하셨는데 특별한 과일 나무를 가져와 접을 붙여 과일 나무가 좋은 품종으로 다시 나게 하는 것을 매우 좋아하셨다.

어느 날 철쭉나무 한 그루를 가지고 오시어 떡시루에 철쭉을 심어 장독대 위에 올려놓고 나자마자 비가 오기 시작했다. 아버지는 너무도 행복한 모습으로 바라보고 계셨다. 그런데 어머니의 한 마디, "좋소? 그 꽃나무에서 밥이 나오요, 돈이 나오요?" 하시자 아버지의 멋쩍은 웃음….

아버지께서도 세상을 잘 만나셨다면 시인으로 사셨을 텐데, 어머니의 절제 있는 살림살이가 아니면 우리는 모두 고아원으로 가야했을 것이다. 그래도 그 상황을 잘 살아내셨다. 그 아버지의 그 딸이어서인지 나는 꽃 중에서도 야생화를 좋아한다.

많은 야생화 중 어찌하여 내 집에 상사화가 자리를 잡게 되었는지 잘 모르지만 해 마다 이 상사화를 볼 때마다 하느님 아버지를 묵상하게 된다. 상사화 꽃과 잎이 서로 본 적이 없다하여 서로가 모른다고 부인하지 않을 것 같다. 꽃과 잎이 서로가 어울리지 않는다고 불평도 하지 않을 것 같고, 한 뿌리에서 꽃 먼저 그 다음 잎을 내 보낸다 하여 시기하지도 않을 것 같은 꽃들을 보면서 창조주이신 하느님 아버지를 그려 본다. 하느님께서 당신 모양대로 우리를 지으셨다고 하셨으니 우리는 모두 하느님이 계신 본향으로 갈 것인데 나 하느님 뵌 적 없다하여 모른다고 하지 않으실 것이다.

새벽 아침

이른 아침부터 콩을 삶아 내기 위하여 가마솥에 불을 지핀다. 아직 날이 밝지 않았지만 우리집 닭들은 새벽을 알리고, 멀리서 개 짖는 소리도 들린다. 날이 점점 밝아지면서 사물들이 모습을 드러내는데 이런 아침을 맞이할 때의 기분은 매우 상쾌하다.

공기도 좋고, 바람은 손에 잡힐 것처럼 살랑살랑 불어온다. 손으로 잡아 보았다. 잡힐 리가 없다. 그러면서 느낀 것은 내 삶도 바람처럼 지나가는 것이지 머무는 것이 아님을 실감한다.

의자에 앉아 아궁이의 불을 본다. 강렬하게 타들어가는 불길을 보면서, 한 생각에 잠겨 본다. 내 인생을 언제 저 불길처럼 태워본 적이 있었는지, 미국에 와서 한국에서보다 더 한국적으로 살고 있는 나에게 작은 딸은 물어온다. 행복하세요? 나는 행복하다고 답했다. 무슨 계획이 있어 여기까지 온 것이 아니고 어찌 오다보니 온 것인데 가마솥을 걸고, 장독 100개를 놓고, 장을 담그고, 청국장을 띄우면서 그 어느 때보다 하느님 안에 머물며 잘 살고 있다고 믿었다.

그런데 아침 기분은 최고였다가 일에 지친 오후가 되면 불평이 터져 나오는 것이다. 입 안의 혀처럼 움직여 주지 않는 남편에 대한 불평이 분노로 치닫는다. 잘 살아 보고 픈데 저 사람 때문에 오늘도 망쳤다고 생각한다. 저 사람 만 아니면 거룩하게 살 수 있다는 생각을 한다. 난 오늘도 망쳤구나, 후회하며 거룩함은 내일로 미룬다.

저녁노을

석양이 아름다운 서향집을 가진 나는 노을 감상을 좋아했다. 뜨는 해도 좋지만 지는 해에는 묵상거리가 많다. 우선 지는 노을이 한 번도 같은 날이 없다는 것이다. 어떻게 저렇게 같은 노을이 없을까싶다.

예전에 꽃꽂이를 할 때도 꽃 얼굴을 보면서 꽃을 꽂아갔다. 그러면서 꽃의 얼굴이 같은 것이 없다는 것에 매번 놀랐는데 석양을 보면서도 하루도 같지 않은 날을 창조해 가시는 창조주 하느님을 찬미한다.

어떤 이가 말한다. 과학을 알면 그리 신기한 일이 별로 없다고, 우주를 공부하고 음양을 공부하면 신의 존재를 믿을 수 없다고, 오~ 하느님!

난 과학을 모른다. 하지만 그 과학이 하느님을 부인한다면 난 과학을 알고 싶지 않다. 오늘의 모든 편리함이 과학의 발달로 인한 것이라고… 하지만 하늘 아래 새로운 것은 없다고 어느 성서 구절에서 읽었다. 나는 있었던 것을 발전 시켰다고 믿는다. 내가 맞지 않아도 상관없다. 모든 것을 알고 살 필요가 있을까.

석양을 보면 마지막 내가 죽음을 맞이하는 묵상을 많이 한다. 꽃집을 오래 해서인지 죽음이 그냥 끝나는 것이 아니라 새로운 시작이라는 생각을 많이 했다. 왜냐하면 죽은 자들의 모습을 보면 끌려가는 영혼이 있는가 하면 죽음을 맞아들이는 영혼이 있다. 표현을 정확히는 할 수 없지만 잘 죽는 영혼을 보면 나도 저렇게 죽고 싶다는 생각을 했다. 석양 저 너머에 또 다른 세상이 있듯이 죽음 저 너머에 있는 그 무엇인가를 그리워하며 저녁 잠자리에 들며 내일 아침 작은 부활을 꿈꾼다. 누구인가 말해주었다. 죽음에는 3가지가 있다고. 그리고 그 순서도 있다고.

제일 좋은 죽음은 기다리는 죽음, 하느님을 그리워하는 죽음이고 그 다음이 이만하면 죽어도 여한이 없는 죽음. 그리고 제일 마지막이 준비가 안 되었는데 끌려가는 죽음이다.

매실 나무

남동생은 전라북도 임실군에 살고 있다. 나는 수시로 전화하여 나무에 대하여 물었다. 특히 매실 나무에 대하여 많이 물어보는데 어느 날은 미국까지 가서 웬 농사냐고 동생이 되물었다.

"한국에는 많은 보조를 해 주니까 귀농들을 하지만 미국까지 가서 매실나무를 키워 어찌하려고 그래요?"

동생 말에 나는 웃으며 대답했다.

"누나 죽으면 천국에 있는 정원에서 일하고 있을 테니 정원으로 찾아오렴!"

동생도 웃었다.

이곳은 엘에이에서 1시간 30분 정도 떨어져 있는데도 겨울에는 눈이 오는 곳이다. 그래서 매실이 된다는 것이다. 매실나무는 겨울잠을 꼭 자 주어야 하기 때문이다. 어떤 한 분의 성공담에 너도 나도 매실나무를 심기 시작했다.

나는 나무장사를 하는 사람이기에 매실나무를 구하려

내가 다니던 나무농장에 문의를 했다. 그러자 그 농장 주인은 나 보고 베커스필드에 가서 농장 구경을 하지 않겠느냐는 제안을 했다. 가면서 이야기도 해 주고 보여 줄 것이 있다는 것이다. 나는 따라나섰다.

농장 주인은 나이가 많으신 외국 사람인데 나에게 많은 것을 가르쳐 주신 분이셨다. 차 안에서도 많은 이야기를 해 주셨다.

매실은 10년만 있으면 캐내야 한다고 했다. 우리가 나무를 심고 있는 곳은 농사짓는 곳이 아니고 주택지니까 과일 수를 심어 올해는 한 그루에 물을 1갤런을 주었다면 내년에는 2갤런, 그 다음 년에는 4갤런, 이런 식으로 물을 주어야하는데 10년 안에 물 때문에 캐어 내 버려야 한다는 것이다. 주택지에서 농사를 지으려면 물이 있어야 하고 그 물에 누진세를 붙여 버리면 엄청난 물세로 손해를 입게 될 것이란다.

베커스필드를 가서 보여준 것은 끝도 보이지 않는 아몬드 농장이었다. 한쪽에는 병이 들어있어 말라죽었고 다른 한쪽은 건강했다. 그분은 저 병든 나무를 누가 치울 것 같으냐고 나에게 물으셨다. 난 주인이 해야 하지 않겠느냐고 하자 그분은 농사를 관리하는 조합에서 모두 치워 불에 태우고 새로운 묘목을 준다고 했다.

"약간의 비용은 내지만 많은 부분 도움을 받지요."

한국만 농사일에 도움을 주는 것이 아니고 미국도 오히려 한국보다 더 많은 혜택을 준다고 했다. 우리가 몰라서 못할 뿐 아니라 농사를 지어야 할 곳에서 짓는 것이 아니고 주택지에서 하기 때문에 할 말을 다 못 하는 것이란다. 그리고 물 관리하는 곳으로 안내했다.

나무가 성장하여 성목이 되면 물은 호수에 구멍으로 조금씩 나오게끔 드립으로 주는 것이 아니고, 한 고랑에 6인치 파이프로 시설이 되어 있어 논에 물을 대듯 고랑에 물을 채우는 것이었다. 우리가 손으로 조금씩 해서 용돈이나 쓴다는 생각은 등골이 빠지는 일인 것이었다. 나무를 가꾸는 것도 기계로 하고 열매 수확도 기계로 하기에 우리가 1파운드에 5불을 받으면 그 쪽에서 지은 농사는 2불을 받기에 여러 가지로 안 된다는 것이다. 그는 덧붙여 우스게 소리처럼 한 마디 더 했다.

"피땀 흘려 모은 돈일 텐데, 괜한 일에 버리지 않기를 바랍니다."

매실 농사는 10년을 넘기지 못하고 막을 내렸다. 아직도 가지고 있는 사람도 있지만 엄청난 물세를 감당하지 못하여 치웠고 농수로 혜택을 받는 사람들만 남았다. 우리도 200그루 정도가 있다. 이곳에서는 1월이 되면 꽃이 피는데 그 향기는 말로 표현하기가 힘들 정도로 행복하다. 이민살이에 지치고 지친 사람들이 시골에 들어와 맑은 공기 덕을 보자는 것인데 그 대가를 너무도 비싸게 치르면서 살아내고 있다.

다람쥐의 예금 통장

가을에 60파운드짜리 콩 가마니를 사다가 쓰고 남은 것을 창고에 쌓아두었다. 쓸 일이 생겨 가마니를 번쩍 들었더니 너무 가벼워 나는 그만 엉덩방아를 찧었다. 다람쥐 녀석들이 밑에 구멍을 내고 모두 가져간 것이다. 그런데 얼마 지난 후에 화분마다 콩 싹이 트고 있었다. 우리집은 나무 장사를 했기에 큰 나무들이 든 화분이 많았다. 그 화분들에 다람쥐들이 콩을 가져다 놓은 것이다. 한두 화분도 아닌 그 많은 화분에서 콩 싹이 트는 것을 보고 한동안 묵상 거리였다. 다람쥐들은 그 콩을 어디다 가져다 놓을 줄도 모르고 죽도록 일만 한 것이다.

인간도 예금통장을 어디다 두었는지 기억도 못할 돈을 모으느라, 아니 다 쓰지도 못할 돈을 모으느라 힘만 쓰다가 살만 하면 아프거나 죽는다.

시골살이 처음 시작할 때 회계사 한 분께 부탁할 일이 있어 도움을 청했더니 그분이 이렇게 이야기 했다.

"하고 싶은 것 있으면 그냥 하세요. 이 미국 땅에서 일일이 허가를 받다가는 죽을 수 있어요. 절대로 미국에서 재래식으로 된장을 담글 수 없어요. 그냥 취미로 조금만 담그세요. 미국에서는 곰팡이 균을 이해하지 못하니 재래식으로 된장을 담가 팔수 없어요. 나무 장사를 하니까 혹시라도 장을 담가 생긴 이익금은 그 쪽으로 세금 보고 하시고, 하고 싶은 것 있으면 해 보시면서 행복하게 사세요. 내가 사는 게 행복해야 감사기도가 나옵니다. 불행할 때도 감사 기도가 나온다면 다행이지만 기왕이면 행복하면 좋지 않겠어요?"

그는 덧붙여 늘어놓듯 주변사람들 이야기를 들려준다.

"나는 회계사라 여러 직업을 가진 사람들을 봅니다. 그런데 생각은 모두 다 같아요. 특히 우리 이민 1세를 보아 왔는데 리커스토어하면서 올해만 하고 가게 정리하고 나서 여행 하고 살 거라 하던 분이 얼마 전에 암으로 돌아가셨고, 이번 것만 끝내고 하고픈 것 한다던 어르신도 중풍 오고, 어떤 이는 돈이 생기니까 이혼하고, 모두가 다 그렇다는 것은 아니지만 쉴 수 있을 때 쉬고, 하고 싶은 일 있으면 주저하지 말고 저질러 보면서 살라고 말해 주고 싶어요. 뭐든 건강하고 할 수 있을 때 하면서 살아야 한다는 생각이 요즘은 더욱 절실합니다. 나중에 좋은 날은 절대로 오지 않더라고요."

　회계사가 남의 살림을 해 주는 사람이기에 정확한 진단을 하는듯하여 오랫동안 내 마음 안에 머물렀다. 그렇다. 나중에 좋은 날은 오지 않는다. 그래서 나는 농장에 들어가 나 하고 싶은 것은 거의 했다.

　한국에서 인월 옹기 가져올 때 사람들이 말했다. 돈 사만 불이면 집 한 채를 살 수 있다. 그 집을 사서 집세를 받으면 많은 이익이 있을 것이다. 그때는 시골 집값이 그런 때가 있었다. 하지만 나는 세를 주면 남들이 사는 것이고 항아리를 가져오면 내가 발효음식을 만들 수 있다고 하며 가져다가 판매도 하고 발효음식 세미나도 하면서 참으로 좋은 시간을 가진 것이다. 나는 내 젊음을 잘 쓰고 살았다고 생각한다.

주인보다 영리한 소나무

우리집 소나무를 지나쳐 갈 때마다 감탄을 한다. 윗째 앞 패리오를 했는데 서향인 윗째가 햇볕이 너무 들어 다시 또 달아내야 했었다. 그런데 더 달아내기 전에 소나무한 그루를 심었는데 아주 작은 것이었기에 신경을 안 쓰고 덜 달아낸 것이다.

우리가 사는 곳은 남쪽에서 북쪽으로 바람이 아주 심하게 부는 곳이어서 모든 나무는 남쪽에서 북쪽으로 비스듬히 누워 있다. 그런데 이 나무는 북쪽에서 남쪽으로 누워 크다가 패리오 키를 크고 나서는 남쪽에서 북쪽으로 자라나고 있다. 나는 그 소나무를 바라 볼 때마다 신기했다. 어떻게 이럴 수가 있는지.

나는 자주 말을 건넨다. 너는 나보다 똑똑하구나. 나는 환경이 나빠 어쩌고저쩌고 늘 불평을 하는데 너는 처해 있는 조건에서 묵묵히 살아내는구나. 이곳은 사막이기에 많이 메말라 있다. 사람도 이곳에서 오래 살면 정서적으로 메말라져 싸움닭 같이 변한다는 말을 자주한다. 이민

자들의 고단함은 일일이 거론하지 않아도 모두 알고 있다. 자녀들을 모두 키워내고 은퇴하여 이곳으로 들어온 분들이 많은데 이야기를 들어보면 많은 사람들이 피해자인 듯하다.

　모두가 사랑받고픈 사람들이고 사랑을 서로 주고받는 것을 잘 못한다. 너와 나만 친하게 지내야 하고 다른 이들은 배척한다. 그래서 은퇴자들이 모인 곳은 공동체가 어렵다. 누가 잘 하는 것도 못보고 본인은 하지도 않거나 예전에 있던 본당 것을 고집하여 새로운 것은 못 받아들인다. 천국에 가서도 우리는 이곳에서 하던 습성대로 하는 것은 아닐지 걱정해본다.

좋은 균

청국장을 띄워 꺼내는데 어디서 왔는지 많은 벌이 날아들었다. 왜 청국장에 파리가 아닌 벌이 먼저 날아드는지 알 수 없었는데 된장 작업을 할 때도 벌이 먼저 날아들었다. 꿀을 만드는데 좋은 발효균이 필요한지는 알 수가 없지만 먼저 날아드는 벌이 반가웠다.

이 세상에서 벌이 없어지면 세상이 망한다는 어른들의 말씀이 생각나서 일단 반가웠다. 벌을 키우는 동생한테 그 이야기를 했더니 모든 자연의 나무나 꽃들에는 소금기가 있단다. 계절이 가을이여서인지 청국장이 예술적으로 띄워진다.

여름에는 많은 신경을 써야 하는데 가을과 겨울은 청국장을 주걱으로 떠내면 실 같은 균들이 엉켜서 그 모습이 너무 예쁘다.

'나는 과연 어떤 균을 가진 사람일까. 유용한 균일까. 아님 무용지물의 균일까.'

문득 생각을 멈췄다가 다시 고쳐 말한다.

'우리는 하느님이 내 아버지인 이상 언제나 유용한 균을 가지고 내 주위 사람들과 함께할 수 있다는 희망을 품을 수 있어야 한다.'

내 생각이 기특해서 혼자 웃는다..

지난 주말 프란치스코 재속회 피정을 다녀왔다. 해마다 갖는 피정인데 올해 함께 한 재속회 형제들이 너무 힘들어 보였다. 내가 20년 전에 선배님들을 만났을 때 아주 예쁘고 젊고 열정적인 분들이었는데 한 분, 두 분 연세가 들어감에 따라 자동차를 치우고 남의 차를 얻어 타고 다니시더니 몇 분은 하느님 곁으로 가셨고, 다른 몇 분은 양로병원에 계시더니 이번 피정에 접수를 해 놓고도 못 오시고 병원에 입원 하신 분이 있었다.

우리는 내일 일을 정말 알 수가 없다. 몇 년 전만 해도 그분들이 우리를 이끌어 주시더니 이제는 우리가 나서서 그분들을 도와드려야 하는 시기가 되었다. 그런데 나 또한 매년 같은 에너지를 지니고 있지 않아 힘에 겨웠다. 드디어 평의원들이 내린 결론은 1박 2일 피정은 그만 하고 내년부터는 하루 피정으로 하자는 결론을 내렸다.

피정이란 광야로 나와 그분을 만나야 하는 것이라고 지도 신부님께서 말씀 하시면서 1박 2일을 진행하셨다. 하지만 예수님을 만난다는 기대에 앞서 집을 떠나 형제회 가족들이 모여 있음에 우선 친교가 우선이었다. 우리 평신도 대부분이 매 순간 예수님을 어떻게 만나야 하는지 잘 모른다. 다만 곁에 있는 형제들의 모습에서 먼저 예수님을 찾고 있다고 본다. 그 피정 기간 동안은 어떤 형제가 조금 얄미운 소리를 해도 귀에 거슬리지 않는다. 그 피정 장소에는 이미 내 마음의 문이 열려 있기 때문에 누가 무어라 해도 수용할 자세가 되어 있다. 장소와 그 시간 속에서 우리는 하나가 되어 충분히 사랑 받는 존재라는 것으로 충만하여 천국을 살다 온다. 모두가 내어 주기에 참으로 귀하고 귀한 유용한 균으로 전달되는 것 같았다.

　집에 돌아오면서 같이 동승했던 분이 말씀하셨다. 피정 정말 좋았다고. 그러면서 피정 중에 하신 말씀을 이야기하셨다. 많은 것을 기억 하시면서 그런 시간을 가진 것에 무척이나 감사해하셨다.

　나는 생각해 봤다. 처음 듣는 것도 아닌데 왜 새롭게 들릴까. 새로운 복음도 아닌데 왜 진리 중에 진리로 들릴까. 우리가 그리도 무식한 신앙생활을 했다면 오늘까지 오지 못했을 텐데, 그러다 느낀 것은 아~ 그래서 매년 쇄신이 필요하여 하던 일을 놓고 한적한 곳에 가서 피정을 하는구나.

청국장을 한 여름에 안 뜨는 이유는 너무 메마른 사막이기 때문이다.

바구니 밑에 물을 놓고 그 위에 바구니를 얹어 놓고 삶은 콩을 얹어 놓는다. 우리 생활이 메말라 있으면 진리가 아무리 좋아도 좋은 균으로 발전하지 못한다. 그래서 조건을 갖추어 주어야 제 구실을 한다고 본다. 지도 신부님께서 그러셨다.

"본당 신부님은 세끼 먹는 밥이고 어쩌다 피정 중에 만나는 신부님은 외식이다. 외식 너무 자주 하면 건강에 해롭지요. 그래서 건강을 지키는 것은 집 밥이 최고랍니다."

그리고 사제 때문에 신앙생활에 지장이 있다면 아주 위험한 신앙생활을 하고 있다고 했다. 만에 하나 진짜 사제가 잘못하고 있어도 그 죄는 하느님이 판단하실 일이니 그 죄를 판단하여 자기 것으로 만들지 말라는 당부를 하셨고, 사제가 죄 중에 있다 하여도 주교님께서 성사권을 박탈하지 않고 있다면 그것은 우리 성사 생활에 해가 없으니 미사 드리는 중에 분심 들지 않도록 정신 바짝 차리고, 미사 중에 오신 예수님을 꼭 만나 그 미사의 은총을 놓치지 않도록 당부하셨다.

우리 모두가 잘 살고 싶은 욕망은 누구나 있다고 본다.

그 욕망이 너무 강하여 예수님이 지나가셔도 놓치는 경우가 많았는데 이제는 아주 찬찬히, 천천히 가보려 한다. 아무리 급해도 시간이 차야 발효가 되는 것처럼.

변질된 진리

시기가 조금 늦었는데 마늘을 심었다. 그 마늘 이름이 코끼리 마늘이고, 크기는 양파만하다. 우리 동네에 외국 아저씨가 가르쳐 주어서 몇 개 사다가 심어놓고 매일매일 들여다보았는데 드디어 싹이 터 올랐다. 마늘 잎도 크고 맛도 좋고 꽃이 꽃꽂이용으로 쓸 만큼 크고 아름답다. 대량으로 한다면 수확하기도 쉬울 것 같다. 그러나 의심이 가는 것이다. 이것도 계량종일 텐데 어느 정도 믿고 먹어야 하는지 알 수가 없다. 나는 생각해 본다. 나는 어디까지 변종이 되어 갔을까….

요즘 우리 집에서 다육이(가시 없는 선인장) 수업을 하고 있다. 동네 분들도 계시고 멀리서도 오시고, 여러 사람들이 매주 화요일 마다 수업하고 이야기 하고 점심도 먹고 마음껏 놀고 가신다. 많은 분들이 은퇴하여 이곳 시골로 이사를 오셨기에 시간여유가 있는 분들이 모인다. 처음 이곳에 이사 들어와 꽃꽂이 수업을 무료로 해 줄 때에는 사람들의 반응이 별로였다. 무료라는 것은 처음에는 좋은데 지속성이 없다. 그래서 다육이는 수업료를 받고 있다.

꽃은 며칠 안가 시들어 버리는데 다육이는 오래오래 두고 볼 수 있는 장점이 있어서인지 많은 분들이 좋아하셨다.

우리 집에만 오시면 가시려 하지 않고 이야기꽃을 피우는데 예전 보다 내가 마음의 여유가 있음이 보인다고 했다. 전에는 몇 시간 이 일을 끝내고 다음 일을 정해 놓았기에 온전히 마음을 다 주지 못했는데 이제는 한 가지 일만 온 마음을 다하려 애쓰고 있다.

오래전 읽어 보았던 『힘』이란 책이 생각났다. 작가는 틱낫한 스님인데 책에서 "걸을 때에도 문을 닫을 때에도 항상 마음을 현재에 두어라. 너의 100%를 다 주어라."라고 16살 초보 스님의 길을 가던 때 스승님이 꼭 한 번씩 주의를 주셨다고 했다.

현재에 마음을 두어야 함을 모르는 게 아닌데도 늘 서두르는 바람에 자동차 문은 닫았는지, 자동차 시동을 켰는지 허둥대는 것을 나이 탓이라고 하기에는 너무 염치없다. 이제는 조금 천천히 걸어가고 조금 천천히 일을 하면서 예전에 있었던 하느님이 아니고, 앞으로 계실 하느님도 아닌 오직 지금 현재 나와 함께 머물고 계신 나의 하느님과 이야기 하면서 살아가려 한다.

　다육이 수업을 받으러 오신 분들은 참으로 다양한 종교를 가지고 있다. 홈 처치라는 교회도 있고 안식교, 통일교, 여호와 증인 또 남묘호란게쿄 등 아주 다양한 종교가 있는데 서로가 조심 하면서도 가끔은 자기가 알고 있는 이야기를 하게 된다.

　어떤 교회에서는 시대에 따라 교회도 바뀌어야 한다고 한다. 아주 엉뚱하게 몰아가다가 결국은 가톨릭 교리로 마무리한다. 왜냐하면 우리 가톨릭이 종교 중에 장손이며 맏며느리라고 믿는 내가 성모 어머니까지 모시고 살고 있으니 마음을 제일 크게 가져야 한다고 생각한 끝에 큰마음 먹고 한마디 한다. "진리가 변질 된다면 그게 무슨 진리겠어요. 그리고 의술이 발달하고 제약 회사에서 아무리 좋은 신약을 개발해도 우리는 죽음을 피해갈 수 없잖아요." 우리가 머무는 이 장소에서 최고의 선이신 그 분께 모든 것을 돌려 드리는 자세를 취하자고, 모두 함께 살아가자고 내가 제안 하면 모두 고개를 끄덕인다.

헛수고

우리 동네는 엘에이에서 1시간 30분 거리만 떨어졌는데도 엄청 시골이다. 이곳에 일찍 들어와 살게 된 우리 집엔 여러 종파들이 많이 들락거린다. 그 중에서도 목사님들이 아주 많으시다.

어느 연말이었다. 목사님 부인이 연세가 많이 드셨는데 전화를 하셨다. 아델라는 교황이 하는 이야기를 믿느냐? 교황이 마리아가 하늘에 있다고 하는 말을 듣고 속고 있다는 것이다. 한참을 이야기하게 두었다. 다 듣고 나서 물었다.

"그러면 마리아는 어디 있나요?"

하늘에 못 갔다는 것이다. 나는 다시 물었다.

"예수 그리스도가 하느님의 아들이라는 것은 믿으세요?"

"믿고말고."

"사모님 인생 헛수고 하셨네요. 예수가 자기엄마도 하늘에 못 데리고 갔는데 사모님을 왜 데려가겠어요. 젊지도 않으시니 다시 시작 할 수도 없고 억울해서 어쩌실 거예요. 그렇게 능력이 없는 예수를 한평생 믿고 구원을 못 받으셨으니 눈을 어떻게 감으실 건가요?"

그분은 한동안 말이 없으셨다. 나는 덧붙였다.

"마리아를 같은 여자로서 시기하시는 건가요? 아니면 질투인가요? 공연히 남의 종교에 힘 빼지 마시고 남은 인생 멋지게 마무리 하세요."

그분은 그 다음 몇 번 다녀갔다. 교리에 자신이 없으면 상식으로라도 살아야 하지 않을까 싶었다.

다른 한사람은 여호와 증인이다. 끈질기게 드나들었다. 전 교인이 우리 집으로 모두 김밥을 싸가지고 소풍을 왔다. 그렇게 드나들던 어느 날 우리가 나무 장사를 하고 있으니 작은 석류나무 한 그루를 사가면서 나 보고 배달을 해 달란다.

아주 계산적으로 자기 집으로 나를 유인하는 것이다. 그것을 눈치 챈 나는 직접 가지고 가라고 했다. 그 사람 차는 미니 밴이었다. 차가 작아 못 가지고 간다는 것이다. 나는 당신 차 정도면 20그루도 실을 수 있다고 하면서 이 작은 것을 사면서 누구한테 머리를 쓰냐고 나무랐다.

"여호와 증인의 교리는 그렇게 가르치세요?"

그는 대답이 없었다.

"아무 때나 드나들고 아무 때나 떼쓰고 남의 배려는 손톱만큼도 하지 말라고 가르치나요?"

　다시 묻는 내 물음에 그는 약간 당황한 듯 돌아갔다. 그 뒤로는 다시 나타나지 않았다.

이웃집 닭

우리집 농장은 하루도 같은 날이 없다. 자고 일어나면 오늘은 어떠한 시나리오를 써 나에게 주시려는지 가끔은 아침 기도 시간에 하느님께 여쭈어 본다.

뒷집에 사는 남자가 골프카트를 타고 슬슬 내려오는데 우리 진돗개 두 녀석이 마구 짖어댄다. 나는 얼른 대문을 잠갔다. 누가 열어 놓았는지 열어진 대문을 빠져 나간 개들을 기다리고 있던 터라 대문을 닫고 있는데 뒷집 아저씨가 당신네 개냐고 묻는다. 맞다고 하자 당신네 개가 우리 닭을 200마리 정도 죽였다는 것이다. 아~ 이 일을······.

나는 기다려 달라고 했다. 남편을 나오게 하고 개를 개장에 넣으려 하는데 피를 본 개는 나를 물려했다. 안 그래도 자꾸 사고를 쳐서 생각 중이었는데, 이런 일을 당한 것이다.

나는 한 마리를 차에 싣고 쉘터를 향해 달렸다. 가서 한참을 기다리는 동안 내 머리는 새하얗게 되어 아무 생각이 나질 않았다. 이 일을 어찌해야 하는지 답이 안 나왔다. 쉘터에 직원은 강아지 이름을 물었다. 갑자기 생각이 나질 않았다. 그 강아지 이름은 '진백이'였는데 나는 생각이 나지 않아 하는 수 없이 처음에 키우던 강아지 이름, '필승이'라고 해 서류를 꾸며 보내고 돌아왔다.

집에 돌아와 있는 돈을 챙겨 남편에게 주었다.

"닭 값이 얼마인지 모르지만 우선 이 돈을 받고 더 만들어 주겠다고 하세요."

남편을 뒷집으로 보낸 다음, 한참이 지나 남편은 뒷집 아저씨의 골프 카트를 함께 타고 장닭 25마리를 가지고 내려왔다. 죽은 닭 값은 사고였기에 받지 않겠으니 가지고 온 돈으로 우리 장닭 좀 치워 달라고 했단다.

우리는 닭장에 장닭을 풀어 놓았다. 다음 날 새벽 아침 4시가 되자 25마리의 장닭이 울어 대는 소리에 지옥이 따로 없다는 생각이 들었다. 누가 새벽에 들리는 닭 울음소리가 정겹다고 했나, 세상에 이렇게 시끄러울 수가···. 날이 밝아오자 사람을 사 그 장닭들을 모두 잡았다.

며칠이 조용히 지나갔다. 전날 농장에 풀을 뜯어 먹으라고 풀어놓은 닭들을 깜박 잊고 있다가 생각났다. 해가 지면 닭들은 닭장으로 들어가기는 하는데 닭장 문을 닫아

걸어야 했다. 새벽이 되어서야 알았으니 아무래도 대형 사고를 치러야 할 일이 생길 수도 있다는 불길한 생각과 동시에 문을 열고 나간 나는 기가 막혔다.

두 마리 중에 한 마리를 남겨놓은 진도가 내가 잠자는 방문 앞에서부터 저 끝 울타리까지 40여 마리를 정확한 간격으로 늘어놓은 것이다. 어쩌면 그리도 정확한 간격인지 자로 잰 듯한 거리에 하나씩 놓았다. 나는 닭장으로 가보았다. 닭장 안에도 죽어 있고, 나무 위로 올라간 닭들만 살아있었다. 나는 닭장 앞에 놓인 의자에 주저앉았다. 그러자 가장 큰 닭을 물고 나에게로 온 개는 왜 이리도 큰 일을 했는데 칭찬해주지 않으냐고 내게 비벼댄다. 무어라고 해야 하나. 할 말이 없었다. 그 개는 할일을 했을 뿐인 것이다.

그러면 왜 진돗개를 키우는가, 진도가 없으면 카오리(들개)가 닭장에 들어가 모두 해치워 닭을 키울 수가 없으니 함께 살아갈 수밖에 없다. 사람이 이익을 보기 위하여 하는 일이기에 사람이 잘 다스려야 함을 알아간다.

문전옥답

들판에 곡식은 주인의 발자국 소리를 듣고 익어간다는 말이 있다. 그만큼 자주 둘러보아야 하고 관심과 사랑이 필요하다는 뜻일 것이다. 그러자면 논이나 밭이 집 가까이 있어야 가능 하다. 비닐하우스 안에 귀한 약재들이 있는데 주인이 소홀한 틈을 타 두더지 녀석들이 온통 뒤집어 놓았다.

우리집 땅은 심어놓고 물만 주면 무엇이든지 잘되는 비옥한 땅인데 주인이 소홀히 하자 비옥한 땅도 소용이 없다. 이 집 주인이 소홀한지 아닌지는 야생동물이 먼저 아는 것 같다. 두더지는 1에이커에 두 마리나 세 마리정도가 있다는데 하룻밤 사이 한 트럭을 파헤칠 수 있는 힘이 있단다.

처음 이사 들어와 빼앗긴 나무와 야채가 엄청났는데 시간이 흐르면서 주인이 두더지 보다 더 극성을 피우니 잠잠해졌다.

두더지는 해가 뜨기 전 새 흙을 파놓은 곳을 삽으로 파내면 반드시 들고 나가는 구멍이 두개가 나있다. 그러면 그 두 곳에 한 개씩 덫을 놓는데 손에서 사람냄새가 나지 않도록 풀잎으로 손을 닦고 덫을 놓고 나면 20분 내에 잡힌다. 두더지는 햇빛을 보기 위하여 반드시 두더지가 파놓은 곳으로 머리를 내민다. 그래서 잡을 수 있다. 해가 뜨기 전 새 흙을 파놓은 곳이어야 한다. 이렇게 한 번 잡고 나면 한참은 조용하다.

시골살이에 누구나 두더지가 큰 적인데 약이란 약은 다 써보아도 소용이 없다. 하지만 꼭 잡아내야 한다. 아시는 한 분이 두더지 때문에 하소연을 하기에 가르쳐 주었다. 그대로 했더니 잡혔다면서 사진을 찍어 보내주었다. 이빨로 물어뜯고 싶다고 했다. 나이가 들어가면서 작은 텃밭 하나쯤은 가꾸고 싶어 하는 사람들이 많아 지다보니 이러한 사소한 것들도 공유하며 잘 지낸다.

나보다 더 억울하니

시골에 자리를 잡아가는 중이었다. 본당 공동체는 사람이 많지 않으니 자연스레 가까운 이웃사람끼리 똘똘 뭉쳐 잘 지내고 있었다. 표면상으로는 잘 되어 간다고 믿고 있었다. 거의 매일 모였고 일요일 미사 후에는 반드시 함께 잔치를 했다. 어느 날 벤추라 성당 사제가 다니러 오셨다.

우리의 모습을 보더니 한 말씀 하셨다.

"이곳은 너무 딱딱하게 울타리가 쳐있네요. 다른 사람이 들어 올 수가 없잖아요. 울타리를 허물어야 합니다."

우리는 이토록 견고하게 울타리가 쳐져 있다는 생각을 못했다. 그런데 조금씩 균열이 생기기 시작한 것이다. 생각지도 못한 곳에서 부터 말이 나가기 시작하는데 어둠은 정말 치밀하게 파고들었다. 나는 한참을 모르고 지나가다 결국 왜 이렇게 됐는지 나서게 되었다. 알고 보니 말도 안 되는 억측을 만들어내어 자기끼리 편이 되었던 것이다.

그 중에는 내가 이민 가서 다음날부터 만났던 사람이 있었다. 그 사람은 나에게 큰 나무처럼 늘 그늘을 나에게 내어 준 사람이다. 어떤 이야기를 들어도 나를 오해할 소지가 없다고 생각했다. 그러나 그 사람이 가장 나를 많이 오해하고 있었다. 나는 그 댁으로 찾아갔다. 이유가 무엇인지?

그분은 문을 열어 주지 않으려 했다. 나는 끝까지 문을 열게 하여 집으로 들어가면서 무엇이 문제인지 말하라고 했다. 그는 잠시 후 입을 열었다.

"네가 우리 아이들이 교도소 갔다 왔다고 떠든다면서?"

나는 물었다.

"자식 일이었군요. 자식 일은 눈 돌아갑니다. 그러면 정말 아이들이 교도소를 다녀왔나요?"

그는 대답하지 않았다.

"내가 아이들이 교도소 간 것을 모르는데 어떻게 말할 수 있는지요? 그리고 나한테서 우리 아이들 이야기 하는 것 들어 보셨나요?"

"아니요."

"내가 내 자식 이야기도 안 하는데 왜 내가 남의 자식 일을 이야기 하겠어요."

그는 더 이상 입을 열지 않았다.

친정어머니께서는 신이 자식을 주는 것은 겸손하라고 주는 것이니 항상 조심하고 뗏장을 덮을 때까지(죽을 때까지) 남의 자식 이야기는 하지 않는 거라고 하셨기에 나는 항상 조심한다. 나는 물론 누구라도 보물이 내 집에 있다고 자랑하는 바보가 어디 있겠는가? 나에게 보물은 오직 딸 둘 뿐인데 자꾸 남 앞에 자랑하면 시기와 질투로 잘못 될까 두려워 참으로 조심하며 지내는 터였다.

그 외에도 그분은 수없는 억측을 이야기했다. 하지만 나는 돌아오면서 생각해본다. 그리고 삼일을 울었다. 삼 일째 되는 날 십자가에서 들리는 소리에 귀를 기울였다.

"너는 나보다 더 억울하니? 나는 하느님의 아들인데도 십자가에 달렸잖아."

그래 맞아요. 나는 두 손을 털어내면서 일어났다.

그즈음 농장이 바빠지고 외부에서 사람들이 찾아 들면서 나도 모르게 동네 사람들을 소홀하게 한 것 같다. 그 틈을 타 질투와 시기가 일어난 것이다. 그 뒤 신부님께서 하신 말씀도 기억났다. 너무 딱딱한 벽을 허무는 데는 통증이 있기 마련이다.

우리집 식탁이 8인용이다. 여덟 명 이상이 모이면 사이드 의자를 놓는다. 그러기 시작하면 분열이 생긴다. 그래서 사이드 의자를 놓기 시작하면 갈라질 준비를 한다.

미리 다른 테이블을 놓아 적당한 인원 분배를 하는 지혜도 청한다.

A농장의 주인

    지난 연말에 한 통의 편지를 받았다. 통신교리 책을 보내 달라는 내용이었는데 78세인 그분은 맞춤법도, 글씨체도 옛날 어른이었다. 하지만 그 내용은 나의 가슴을 흔들어 놓았다. 나는 그분께 답장을 썼다. '전화번호가 없어 제가 전화를 할 수가 없으니 저에게 전화 좀 해주세요'라고

    그분이 전화를 하셨다. 나는 통신교리는 글씨도 작고 책도 어렵고, 연세가 80이나 되신 분이 공부를 하시기에 적당하지 않으므로, 그곳에서 가까운 한국 성당을 일러 주시면 제가 그곳으로 연락을 하여 특혜를 베풀어 드릴 수 있도록 부탁을 해 보겠다고 했다. 그분은 단호하게 거절하셨다. 80세 먹은 친구인데 개신교에서 천주교로 오시겠다고 해서, 그분께 교리를 가르쳐 주기 위해 먼저 공부를 하고 싶다고 말했다.

    "내가 먼저 공부를 해서 그 친구에게 가르쳐 드리려고 합니다."

미국교회에서도 1년간 출석을 하면 알아듣던지, 못 알아듣던지 세례성사를 주신다는 것이다.

"이미 주모경은 일러 드렸고 지금은 묵주기도를 가르쳐 드리는 중입니다."

그러면서 2월이 되면 씨 뿌려 농사 지어 장사를 하여야 하므로 책을 읽을 수 있는 시간이 겨울인 요즘뿐이기에 서둘러 보내달라는 것이다.

나는 결국 책을 보내드렸다. 보내고 이 주일도 안 되어 한 권의 책을 모두 읽어 정리문제 12편을 적어 보내 오셨다. 정리 문제 끝 부분에 (라)란에 느낀 점을 적으라는 부분이 있는데 그곳에 빽빽하게 적어 내려 간 글을 보고 나는 울 수밖에 없었다. 서른네 살에 외국분과 결혼하여 천주교에 입문했고 부모님 모두 천주교로, 그 다음은 동생들, 그리고 두 분의 수녀님을 내셨고 개신교인 남편을 천주교로 개종하게 하셨단다.

그 부부는 자식을 얻을 수가 없어, 한국에서 여자아이 두 명, 남자아이 한 명을 입양했는데, 그 부부를 가엽게 여긴 예수님께서 선물로 주셨다고 했다. 그 아이들은 모두 잘 키워 근처에서 가정을 이루고 살고 있다 하셨다.

재산은 예수님이 가진 것 모두 팔아 가난한 이들한테 나누어 주라 하여 가지고 있는 땅 40에이커를 동생이 있는 수녀원에 기부했으며, 그 땅 안에 집 한 채가 있는데 당신이 죽을 때까지 그곳에서 살기로 했다고 하신다. 글을 읽으면서 죽는 연금을 잘 들어 두셨구나 생각했다. 이보다 더한 보험은 있을 수 없지 않은가.

우리 세대 사람들이 만나면 하는 이야기가 죽을 때 자식 신세 안지고 죽고 싶다는 말인데, 딱히 대안은 없다. 몸 못 움직이면 양로원밖에 없는데 이 분은 자기 집에서 죽을 수 있는 보험을 가지고 있으니 부러운 일이다.

계속 써내려간 글은 지금은 아무것도 가진 것이 없지만 2월에 씨를 뿌려 농사 지어 가난한 이들과 나누기 위하여 그 연세에 일을 하고 계신다는 것이다.

내용은 여기까지였고 내 가슴은 마구 뛰고 있었다. 나는 그분들이 사시는 미시건 주를 다녀와야겠다고 마음먹었다. 왜냐하면 이미 천국의 표를 받아 놓은 그 부부를 뵙고 싶었고, 그분의 이야기를 들어 드리고 싶었다.

통신교리 답 글 중에 그분은 천국은 죽어서 가야 한다고 여러 번 언급 하셨지만 천국은 이미 이 세상에서 시작되어야 한다고 일러 드리고 싶고, 이미 천국을 살고 계시는데 아무것도 두려워하지 말라고 이야기하고 싶었다. 아니, 그냥 앉아서 그분의 이야기만 들어 주어도 그분은 여기가 천국이라고 스스로 알아들으실 것 같았다. 한국 사람도 없는 그곳에서 얼마나 많은 말을 하고 싶으실지 위로 해 드리고 싶었다.

나는 한국사람 속에서 살면서 남을 비난하는 것만 배웠는데 그분은 80세 노인을 전교하기 위하여 그 두꺼운 책을 2주일도 안 되서 읽고 답을 적어 보내는 열정을 보이셨다. 나는 배워야 했다.

그래서 다시 전화를 했다. 제가 가서 뵈어도 되겠느냐고?

어느 것이 죄인가

전화를 걸어 방문 의사를 비추자 오지 말라고 하신다. 와서 잘 곳도 없고 남편도 오래 아파 집도 엉망이며 왜 오려하는지 말을 하란다. 그래서 말씀드렸다.

"할머니의 이야기를 저한테 해 주실 수 있으신가요?"

"답하리다, 못할 것이 없네요."

그리고 시간이 얼마가 걸려도 답할 테니 오지 말라고 하셨다. 나는 덧붙였다. 혹시 이 사연이 글로 써 세상에 내보내도 되겠느냐고 여쭈었더니 해도 된단다. 주님이 이 사연을 쓰신다면, 얼마든지 사용하란다.

그분은 14살에 동두천에 들어가서 가족을 위하여 살다가 34살에 지금 남편을 따라 미시건으로 들어와 살았다. 지난 날 함부로 쓴 몸이 더러워 아기를 갖지 않기로 남편과 약속을 했는데 주님께서 너무 가엽게 여겨 한국아이 3명을 입양하게 해 주셨다.

아이들은 모두 잘 키워 근처에서 가정을 꾸리고 살고 있으며 지금은 2월에 씨를 뿌려 농사를 지어 가난한 이들과 나누고 있다고 했다.

재산은 모두 가난한 이들을 위하여 이미 내어 놓았으며 하루에 기도는 여름에 세 시간, 겨울에는 네 시간만 하고 있다고 한다.

"네 시간을요?"

놀라서 내가 되물었다.

"내 친정어머니는 24시간 기도하다가 죽어서도 다리를 펴지 못하고 그대로 화장을 했어요. 그 정도로 기도를 하셨어요. 친정어머니는 자식 팔아 살다가 하느님을 만나 너무 감사하여 기도만 하시다가 돌아가셨어요. 나는 기도만 하는 어머니를 양로원에 데려가 놓을 수도 없었소. 기도하는 부모를 양로원에 보내는 자식은 없을 테니까…."

나는 나이가 들어가면서 죽음을 걱정했다. 좀 더 품위 있게 죽고 싶다는 것인데 이 분의 어머니처럼 기도하다 죽는 것처럼 품위 있는 죽음이 또 어디 있겠는가 싶었다. 나는 항상 죽음 공부를 해야 한다고 말하면서도 실제로는 대충 한 발은 세상에, 또 한 발은 하느님께 두고 살다가 죽을 때는 특혜를 받고 싶었던 것이다. 그분은 삶이 다르셨다.

할머니가 말씀하고 계시는 동안 나는 어린아이처럼 울

고 있었다. 할머니의 집안은 온통 중들뿐인데 할머니의 믿음으로 시작하여 모두 천주교로 왔다고 하셨다. 누구인가의 피를 흘리면 그 피로 인하여 구원으로 이어지는 것은 우리는 알고 있다.

말씀하시는 틈틈이 당신이 죄인이라고 하셨다. 나는 그분께 감히 말씀 드렸다. 그러지 마세요. 주님이 가슴 아파하실 거예요. 죄인이라니요. 보기도 아까운 내 딸이라고 하실 거예요. 하면서 나는 한 가지 질문을 했다. 아기를 왜 못 가지셨는지? 그러자 그분은 남편과 의논했단다. 동두천에서 있던 몸에 자기 아기를 가질 수 없다고, 그러자 남편이 하시는 말씀은, 맞다. 당신은 죄가 없다. 죄를 지은 이들은 남자였노라고 하시면서 동의 하셨단다.

그분들은 살아있어도 이미 천국을 사시는 분들이라고 믿는다. 감히 그분의 삶을 들여다 본 저를 용서하시길 청하면서….

보랏빛 사연

"자카란다 향기가 멀미나게 코를 찌르는 5월 난 동생이 보고잡다." 하시면서 보내준 편지의 주인공은 내가 좋아하는 동화작가이고 시인이시다.

그분이 5월 어느 날 보내준 편지 한 장을 난 오래 접어 두고 꺼내본다. 그 때가 부시 대통령일 때인가 본데 그분은 편지 내용 중에 나 용돈 주는 애인 생겼다. 그 이름은 '부시'. 65세가 되면 소설(연금)이 나오기 때문에 좋아라 하시면서 보내준 것이다. 또 감기가 지독하게 걸려 고생하고 있다고 하셨다.

나는 답장에 썼다. "그 감기에게 말하세요. 나 애인 있다. 그 이름은 예수." 그녀는 아마 웃고 지나가셨으리라.

캘리포니아는 5월이 되면 자카란다 가로수가 많아 그 향기는 엄청나게 강했다. 언제부터인지 꽃 피는 시기가 들쭉날쭉이다. 지구 온난화 때문이라고 하는데도 우리는 피부로 느끼는 것은 별루 없다.

프란치스코 교황님이 쓰신 회칙 "찬미 받으소서"를 재

속회에서 공부하면서 실천하는 한 가지는 샤워 타올을 작은 것으로 바꾼 것 외엔 어떻게 해야 할지 발만 구를 뿐이다.

일회용을 쓰지 말자고 하면서도 배달 음식이나 배달상품에서 쏟아지는 쓰레기를 보면 계란으로 바위치기라는 말이 실감이 난다.

우리는 얼마나 더 제철에 꽃을 마주하며 살아갈 수 있을까.

데스밸리

건물하나 없는 들판을 얼마를 들어가도 끝도 없는 사막이다.

모하비 사막 북부, 캘리포니아 동부에 있는데 가끔 겨울에 비가 많이 와 준 봄날은 땅에서 이름 모를 꽃들의 잔치가 벌어진다. 파피꽃은 매년 볼 기회가 있어도 이렇게 계절의 변화에 따라 달라지는 이곳의 꽃은 그냥 지나 칠 수가 없다.

차에서 내려 자세히 본다. 그리고 고개를 들어 풀 한 포기 없는 산을 바라보면 그곳의 돌들은 시루떡을 한 둘금씩 쌓아올린 듯 각양각색으로 돌의 색상이 다르다. 정말 아름답다. 이 돌들은 너는 왜 핑크냐고 묻지 않는다. 너는 왜 파랑인지 따지지 않는다. 무지개 색상으로 수를 놓은 돌들을 보면서 우리 성당 공동체를 본다.

우리 공동체는 은퇴자들이 모여 있다. 서로 다름을 잘 인정하지 못한다. 서로 다름은 서로 틀렸다고 단정 짓는다. 그래서 끼리끼리만 놀고자 한다. 지금 우리 자식 세대는 그렇게 하지 않는다. 친구의 부모님 직업을 물으면 나를 쳐다본다. 경제적인 것도 물어보지 못한다. 친구로 지내는데 그러한 것들이 지장을 주지 않는다. 같이 지낼 수 없다면 그것으로 끝이다. 서로 뒷담화는 하지 않는다.

교육이 달라서일까. 왜 우리 세대는 함께 하는 것이 어려운지 모르겠다. 죽음의 계곡에서서 바라본 자연 앞에 나는 아주 작은 미생물 같다. 4억 년 전에는 강이었다는 이곳, 그 시절 나는 어디에 서 있었을까.

너무 바둥대지 않고 살아가고 싶다.

너 지금 서 있는 곳은 어디?

　8남매 중 몇 번째 딸인지 모르겠다. 그녀는 무작정 상경하여 친구와 신문에 나있는 구인 광고를 보고 찾아 간 곳은 미군들을 상대하여 돈을 버는 곳이었다.

　출근 첫 날 그녀에게 다가온 흑인 군인이 뭐라고 이야기를 했건만 그녀는 알아듣지 못했다. 잠시 시간이 지난 뒤 매니저가 다가와 너와 결혼하여 미국으로 데려가고 싶다는 이야기를 했단다. 그녀는 단 한 번에 예스라고 대답하고 그 미군이 사는 아파트로 따라갔다.

　나는 물었다. 무섭지 않았어요? 그녀는 가난과 무능한 아버지를 벗어나는 길이 무엇이든 상관 하지 않았다고 했다.

　그녀는 임신을 했다.

　남편은 서둘러 미국으로 들어가자고 했다. 자기 아이를 미국에서 낳아야 된다는 생각에서이다. 그들은 미국으로 들어왔다. 미국에 들어와 아이를 낳았는데 아들이었다. 그 아들은 항문이 없었다. 그래도 군인들이 가는 병원에서 최고의 기술진들이 아들을 완벽하게 치료를 했다.

그 부부는 아들을 데리고 독일로 건너갔다. 독일에서 잘 지내는 듯했다. 하지만 어느 날 초대 받아간 댁에서 남편이 또 다른 초대된 여자와 이층에서 비디오를 틀어놓고 애정 행각을 벌이는 것을 목격한 그녀는 너무 놀라 소리를 지르고는 집으로 먼저 돌아왔다. 뒤를 따라온 남편과 한바탕 대소동을 일으키는 도중 덩치가 산만한 남편이 그녀의 목을 졸라오고 있었다. 그녀는 오줌이 따뜻하게 나오는 느낌과 동시에 정신이 혼미했다.

얼마나 시간이 흘렀을까 그녀가 깨어 나보니 남편과 아들은 보이지 않았고 그녀는 남편의 부대에 신고하고 미국에 있는 친정어머니께 급히 비행기 표를 보내달라고 하여 미국으로 돌아온 뒤 그 남편과 자식은 영영 만나지 않았다.

그녀의 악몽은 잊혀지고 있었다. 다행히 그녀의 바람대로 많은 가족이 모두 미국으로 와 있었기 때문에 위로가 되었다. 독일에서 남편이 목을 조르는 그 순간에 친정어머니는 묵주기도를 드리면서 성모님께 딸을 위하여 전구를 하고 있었던 것이다. 그녀는 나에게 이야기하는 순간에도 30년이 지난 뒤이건만 그 무서운 순간에 어머니의 기도가 아니면 죽었을 것이라고 힘주어 말하면서 밖에서 풀을 매고 있는 100세 넘은 어머니를 내다보며 긴 숨을 내쉬었다.

그런 그녀가 울면서 나에게 전화한 시기는 5월 중순이었다. 왜 우는지 이유를 묻자 천사처럼 자기를 지켜주던 남편이 지난 12월에 세상을 떠났다고 했다. 벌써 5개월이 지났지만 아직도 슬퍼하고 있는 그녀를 방문하고 싶었다.

6월 첫 토요일 방문하겠다는 약속을 한 뒤 전화를 끊었다. 집에서 그곳까지는 2시간 30분 거리였다. 언제부터인가 1시간 넘는 거리의 운전은 심적 부담이 오고 있었지만 마음을 정했다. 그녀의 집에 도착하여 집안으로 들어갔을 때 그분 어머니는 귀에 이어폰을 끼고 무언가를 듣고 계셨다. 그녀의 말로는 아침기도가 끝나면 성서를 듣고 계신다고 했다.

그녀는 나를 세워 둔 채 이야기를 하고 있었다. 쉬지 않고 이야기를 하는 도중 어머니는 밖으로 나가 풀을 매고 계셨다. 정확히 풀인지 야채인지 구분이 안 되는데 파랗게 생긴 것은 모두 뽑아내신다고 했다. 그녀는 어머니가 하시는 일은 절대로 말리지 않는단다.

그렇게 일을 하시다가 오후 2시 50분이면 들어오신다고 했다. 내가 물었다. 시계는 보이는가 하고, 그녀는 손

사래를 친다. 그냥 아신단다. 2시 50분에 들어오셔 자비의 기도를 드리고 이른 저녁을 드신 뒤 잠시 쉬었다가 6.5에이커를 10바퀴를 돌며 운동을 하신다고 했다. 그녀와 같이 하는가 물었더니 그녀는 힘들어서 못하고 어머니 혼자 하신다고 했다.

그러면서 돌아가신 남편의 이야기를 들려주었다.

돌아가신 남편은 그녀가 독일에서 돌아온 뒤 식당에서 웨이트리스 하는 도중 만났다. 그녀는 한 번의 결혼이 순탄하지 않았기에 재혼은 안하고 싶었다. 하지만 백인 남성은 그녀에게 끝없는 구애를 했다. 결국 승낙하여 재혼한 것이다.

남편은 직장이 좋았다고 했다. 연봉이 대단하여 롱비치에 아주 커다란 집도 마련하고 친정식구도 도와주고 최고의 호화로운 생활을 해 나갔다. 이 세상에 부족함도 없고, 두려움도 없이 지내고 있던 중 남편이 직장에서 직장 동료와 약간의 문제가 생겼는데 그녀가 당신 실력이면 어디가도 취직 할 수 있으니 그만두라고 권했다. 그녀의 권유로 남편은 직장을 그만 두었지만 다시 취직은 안 되었다.

몇 달 사이 집 페이먼트도 어렵고 가닥을 잡을 수도 없을 만큼 어려워진 그녀는 큰언니한테 전화를 했다. 사정이 이러한데 내가 살길이 무엇인지 일러 달라고 한 그녀에게 전화 저 너머에서 언니의 대답은 나는 잘 모른다, 하지만 내가 아는 방법 하나는 54일 기도 밖에 없다. 하면서 54일 기도를 일러주고 끊으려 하다가 마지막 하는 말, 그런데 매일 영성체를 하면 더 빨리 들어주신단다. 그녀는 매일 영성체는 불가능했다. 혼배를 하지 않은 상태였기 때문이다.

   그녀는 알고 계신 사제를 찾아갔다. 찾아가 무조건 혼배 요청을 했다. 하지만 사연을 들은 사제는 혼배가 불가능하다고 하면서 좀 더 준비를 해야 하니 좀 기다리라고 했다. 그녀는 기다릴 시간이 없었다. 그녀는 매달리고 또 매달렸다. 사제는 그녀에 청을 들어주는 걸로 준비를 시켰다. 모든 준비를 완료하고 내일 혼배 날짜를 잡고 오늘 총고백 성사를 들은 사제는 아무 말씀이 없으셨다. 그녀의 표현으로는 죄의 종합세트를 듣고 기가 막혔을 거란다.

   한참을 앉아있던 사제는 야고보서 1장에서 5장까지 읽어 보고 내일 오라고 하시었다. 그녀는 집에 돌아와 야고보서를 폈다. 그리고 울었다. 울고 또 울고 밤을 새워 울었다. 1장에서 5장까지는 그녀를 위해서 준비된 것 같았다. 그녀는 모든 죄에 사슬에서 풀려나고 있었던 것이다.

특히 교만에서 해방된 그녀는 다음 날 혼배를 마치고 돌아와 집은 정리하여 한적한 시골로 이사를 들어왔다.

그곳에서 그녀는 30년을 살았다. 그녀는 더 이상 남편을 직장으로 보내지 않고 간호사 자격증을 얻어 그녀가 일을 해 오면서 남편은 집을 짓고, 정원을 꾸몄고, 살림을 했다.

그녀는 더 이상 악에 종노릇을 하지 않았다. 주어진 것에 늘 감사하며 살아가고 있었다.

주님께서는 언제나 물으신다. 너 지금 서 있는 곳은 어디냐고. 내가 지었던 죄는 물론이고 앞으로 지을 죄까지 대속을 하셨으니 나 또한 두려워하지 않으련다.

성령의 약속

우리 천주교 안에 기도문이 몇 개나 있을까? 수도 없고 끝도 없는 기도문들이 있을 것이다. 나는 그 많은 기도문 중 성령 호칭기도를 좋아했다. 어렸을 때는 '평화의 기도'를 좋아했는데 어느 때부터인지는 모르겠지만 통신교리가 끝나고 수료증이 나갈 때 항상 '성령 호칭기도'를 선물로 보냈다.

이 기도를 하면 성령께서 선물을 주겠다는 조건들이 있는데, 처음에는 이 조건들을 좀 이상하게 생각했다. 성녀 비르지타의 15기도는 죽을 때 도와준다고 하고 또 다른 기도를 하면 어떠어떠한 걸 들어 준다는 그 조건들이 무슨 기복신앙 같다는 생각이 들었다.

그런데 그 기도들을 하면서 왜 죽음의 공포에서 도움을 받을 수밖에 없는지 이제야 알게 되었다. 우리는 어떤 기도든지 오래 지속 하다보면 하느님 자녀로 성장하는 것을 알게 된다. 하느님께서 우리를 이 땅에 살게 하심은 하느님 자녀로 성장하길 기다리신다는 것을 알게 되니 어찌 변하지 않겠는가. 그 기도를 오래해서 은혜를 베푼 것이 아니고, 그 기도를 해 가면서 우리는 변화 하는 것이다. 기도를 하는데도 변화가 없다면 그는 이미 죽은 자이다.

'성령께 드리는 호칭기도'에 약속하신 조건을 한번 보고 싶다. 일주일에 세 번 이상 이 기도를 간절히 바치면 모든 이에게 하느님 아버지께서 들어주신다는 약속이다.

기도문

1. 네 원수들의 손에서 네가 알 수 있는 방법으로 너를 구해주겠다.
2. 네가 완덕의 길을 갈 때 만나는 장애물을 치워주겠다.
3. 네게 천사를 보내어, 죄의 유혹 앞에서 영감을 통해 너를 보호하겠다.
4. 너는 덕행의 길을 갈 때 만나는 어려움들을 참고 견딜 수 있는 힘을 얻을 것이다.
5. 너는 네 부족함을 알게 될 것이다.
6. 너는 습관이 되는 죄에서 벗어날 힘을 얻을 것이다.
7. 네 신덕과 망덕과 애덕을 강화시켜 주겠다.
8. 물질적인 어려움에서 너를 구해주겠다.
9. 너의 가족이 서로 일치하여 서로 사랑하며 살게 될 것이다.

10. 다른 사람을 위해서도 이 호칭 기도를 바칠 수 있다.

　내가 처음 이 기도문을 만났을 때는 약속 8번이 마음에 들었다. 물질적인 것에서 구해준다는 그 약속을 믿고 기도를 시작했다. 기도를 오래 하면서 얻은 것이 있었다. 물질적인 것에서 자유로움을 얻었다. 그러나 시간이 지나면서 참 자유로움이 아니었다는 생각이 들었다.

　결국 시간이 지나면서 모든 것을 포기 하고 나는 웃는다. 이제야 참 자유 함이 무엇인지를….

　나는 이 기도를 앞으로도 오래 할 것 같다. 이 기도문에 내가 원하는 모든 것이 들어 있기 때문이다. 이미 약속은 받아냈다. 나는 하느님께서 약속 하신 10 가지 모두를 매일 체험한다.

　모든 청원기도를 할 때 알아차리기만 하면 될 것 같다.

섬진강 다슬기

　남동생은 전라북도 섬진강 기슭에 살고 있다. 양봉을 하면서 작은 집을 짓고 사는데 제 멋에 겨워 사는 듯하다. 자세히 들여다보면 힘든 일도 있겠지만 다른 이가 보기에는 멋스럽다. 나 또한 그가 사는 모습을 동경한다.

　양로병원에 계신 어머니를 뵈러 한국에 잠깐 다니러 가면 그 동생 집에 머물게 된다. 이유는 섬진강 때문이다. 그 냇가는 바닥 전체가 바위로 되어있다. 흐르는 물속에 다슬기가 바위에 붙어사는데, 잡으려고 손을 대면 물살을 따라 떠내려 가버린다. 다슬기의 무게로 인해 그렇게 떠내려 갈 것 같지 않은데 위험이 닥치면 물살에 몸 전체를 내어 맡겨버린다.

　그 모습을 보며 나는 다슬기가 사람보다 낫다고 생각한다. 어떻게 살아야 하는지 알고 있는 다슬기를 멍하니 쳐다보면서 물속을 하염없이 바라본다. 큰 것을 골라잡아 깨끗하게 씻어 삶아 알맹이를 빼내어 수제비를 끓인다. 다슬기를 삶아낸 국물의 빛깔은 코발트색이다. 우리는 수제비를 먹는 것이 아니라 자연을 먹는다. 다슬기 탕 수제비를 먹으면서 사악한 생각은 할 수 없으리라. 사람이 먹는 것에 따라 성격 형성이 된다고 한다. 최소한 그 아름다운 것은 마주 하면서 감사 기도를 빠뜨릴 수는 없다.

하느님께서는 무엇이든 최선을 다하여 만드셨다는 생각이 든다. 자세히 보아 예쁘지 않은 것이 없으니 나를 지으셨을 때도 그리하셨을 것이라 믿는다. 내가 미워하는 그 사람도 하느님은 그리 만드셨다는 생각에 미워하지 않도록 도움을 청한다.

섬진강 다슬기처럼 내 동생들도 시골에 모여살고 있다. 어려서 7남매 맏이로 자란 나는 동생들을 길러 내느라 내가 하고픈 것을 못하고 손해 보았다는 생각을 오래 했는데 같이 레지오를 하던 어느 분께서 하고 싶은 것을 모두 하고 살았다면 교만하여 하느님을 못 만났을 테니 감사하라고 하신 그 말씀을 오래 기억한다.

동생들을 오래 업고 다닌 내 등에는 보리를 심어도 잘될 거라는 동네 어른들의 말씀은 내가 안쓰러워 하신 말씀임을 알면서도 나는 그 소리가 듣기 싫었다. 세월이 흘러 내 자식들이 내 돈 들이지 않고 스스로 공부를 마쳤다고 하자 친정어머니께서 말씀하셨다.

"세상에 공짜는 없는겨, 니가 고생해서 동생들을 키워냈기에 너그 하느님이 니 자식들을 그냥 가르킨겨."

친정어머니 말이 명답이었다. 살아보니 공짜는 없다. 너무도 공평하다싶은데도 오랜 시간 그 때 그 시절에 동생들은 나에게 큰 짐이었다는 생각을 했다.

나이 든 지금은 모두가 안쓰럽고 귀하다.

심장 이식 수술

　부활 대축일에 우연히 김연준 신부님의 강론을 듣게 되었다. 그날 신부님께서는 우리 모두는 예수님의 심장 이식 수술을 받았다는 것이다. 예수님이 성 금요일에 돌아가시면서 심장을 주고 가셨으니 우리 모두는 새로운 사람처럼 살아야 한다고 하시면서 미국에서 어렵게 심장 이식수술을 받은 밴이라는 사람의 예를 들고 있었다.

　밴은 참으로 어렵게 심장 이식 수술을 받고 많은 사람들의 편지와 엽서를 받아 읽어 내려가다가 심장을 준 사람의 부모가 보낸 편지를 읽어가면서 울고 있었다. 그 편지에는 아들의 이야기와 '밴' 당신이 잘 살았으면 좋겠다는 말과 에제 36, 25-27 성서 말씀 적혀있었다고 했다.

　"정화수를 끼얹어 너희의 모든 부정을 깨끗이 씻어주고 새 마음을 넣어주며 새 기운을 불어 넣어 주리라. 너희 몸에서 돌처럼 굳은 마음을 도려내고 살처럼 부드러운 마음을 넣어 주리라. 나의 기운을 너희 속에 넣어 주리니, 그리 되면 너희는 내가 세워준 규정을 따라 살 수 있고 나에게서 받은 법도를 실천할 수 있게 되리라"

이 성서 구절은 재속 프린치스코 지침서 일요일 아침 기도 성경 소구에 나오는 구절이기에 눈에 익고, 귀에 익은 성서 말씀인데도 나는 처음 듣는 것처럼 새롭게 다가왔다. 아마도 밴의 부모님은 프란치스칸이 아니었을까 생각해 보았다.

이 날 신부님께서는 부활은 과거에서의 탈출이라고 하셨다. 심장 소유권 이전을 해야 하며 성 금요일에 계약이 끝났으니 우리는 그리스도의 삶을 살아야 한다는 것이다. 내 모든 것은 예수님 것으로, 소유권을 예수님께 드리는 것이며 이제는 모든 것을 예수님 것으로 사는 것이 부활이라고 하셨다.

예수님 것으로 산다는 것이 쉬운 것 같은데도 어느 사이에 내 원래 본모습으로 돌아와 있는 것을 보면 사람이 장기하나 바꾸어 변화가 온다는 것은 매우 어려운 듯하다. 아침에 눈을 뜨고 내 심장을 만져 본다. 그리고 화살 기도를 드린다. 성령님 도와주세요.

이제 이 나이가 되고 보니 혼자 무엇을 한다는 것이 불가능하다는 것을 인정하고 매사에 주님께 의탁하는 버릇을 가져보련다.

마지막 만남

엘리에게 전화가 걸려왔다. 살고 있는 아파트로 와 줄 것을 청했다. 내가 간다고 해도 바쁠 텐데 올 것 없다고 하더니 웬일이실까. 서둘러 찾아가보았다. 찾아간 나를 보더니 잘 살아줘서 너무 고맙다고 하신다. 아직 이민초기를 기억 하고 있다는 소리를 엘리가 들었다는 것이다.

가끔 어느 곳에서 '선'이란 주제로 나눔을 할 때 나는 엘리 이야기를 자주 했다. 이름을 밝혀 말한 적은 없어도 워낙 엘리는 잘 베풀었으므로 같은 아파트 사람들은 짐작으로 알아차린 듯하다. 나는 목돈으로 그분 손에 돌려 드리지 못했기에 다시 한 번 옛일에 대하여 이야기 하자 엘리는 충분히 받았노라고 말한다.

막내아들이 매달 어머니 손을 통해서 자선 할 수 있는 많은 금액을 주고 있다면서 걱정하지 말라고 한다. 나를 위로하기 위함인지 아닌지 모르겠지만 엘리는 지금 돈 쓸 곳이 없다고 하면서 혹시라도 마음에 진 빚이 있다면 모두 털어내라 한다.

막내아들 덕분에 돈의 원수는 갚았다고 하셨다. 하지만 엘리는 돈이 많아 나눔을 했던 것이 아니다. 나를 보살필 때도 쓰고 남은 돈이 아니었다. 그분은 올이 나간 스타킹을 신었으며 입고 다니는 옷도 검소했었다. 그날 우리는 그렇게 헤어졌다.

엘리는 나에게 엄청난 유산을 준 것이다. 엘리가 다른 사람들에게는 어떠한 선을 베풀었는지 모르지만 나는 이렇게 배웠다. 어느 것이든지 그리스도를 통하여 베풀어진다면 열매로 이어진다는 것이다.

쉬운 예가 있다. 우리는 성당에 교무금이나 때로는 후원금 등을 낸다. 그 돈을 내고 나서 돈의 행방이 궁금하여 신경을 곤두세우는 이들이 있다. 자기만 궁금한 게 아니라 주위사람을 부추기며 신앙생활을 불행하게 하는 사람들이 있다는 것이다. 크든 작든 그리스도를 통하여 봉헌하면 그걸로 끝이다. 내 손에서 떠났다면 혹여 그것을 잘못 사용했다 하여도 내 책임은 아닌 것이다. 어느 단체에 돈을 쓰든 나는 그것에서 자유롭다.

이 세상을 떠나고 없는 엘리를 내가 죽을 때까지 교재로 사용할 것이다.

내어드린 시간

시골로 들어오면서 시작한 프란치스코 재속회는 한 달에 한번 왕복 3시간을 내어 가는 곳이었다. 처음 그곳을 나가는 나에게 주위에 몇 사람은 종교에 미쳐 사는 것 아니냐며 박해 아닌 박해를 해왔다. 그 말을 그대로 믿는 남편도 그만 가라고 했다. 나는 그 이유를 정확하게 대어 보라고 따져 물었다.

"내가 한 달에 한 번 나가는 것에 대하여 무엇이 불편해요? 무얼 손해 보는데?"

내 물음에 남편은 대답하지 못했다. 그 사람보다 내가 더 적극적으로 농장 일을 했으므로 할 말이 없다. 그렇게 20년을 다녔다. 차를 타고 왕복 3시간을 다니면서 테이프를 듣는다. 프란치스코 영성에 대하여 공부하고 돌아오는 길에 묵상한다. 온전히 주님께 내어 드린 시간은 오직 그 시간뿐인 듯하다. 이렇게 오래 시간을 쓴 대가로 얻어지는 것은 내적 성장이다. 내가 아무것도 하지 않는데 성장한다는 것은 말이 되지 않는다.

시간을 그저 내기만 해서도 안 된다. 얼마나 몰두했는지도 중요하다. 심심해서 놀이삼아 하는 것은 더더욱 도움이 안 된다.

우리 시골 성당에 신부님은 멕시코 출신이신데 서툴지만 한국말을 하시는 분이셨다. 사랑은 하늘만큼 땅만큼 많으신 분이신데 한국말이 서툰 그분의 강론은 늘 배가 고프다. 나는 한 달에 한 번 나가 영양보충을 하고 들어오는데 본당 식구들에게 미안하다는 마음이 들었다. 그래서 나는 무던히 좀 더 본당 식구들에게도 영적 도움이 되고자 애썼던 것 같다.

내가 가는 재속회 영적 보조 사제는 외국분이셨다. 그 사제가 강론을 하시면 그분의 강론을 한국분이 번역해 주셨다. 나는 그 외국사제가 준비해온 강론을 늘 좋아했다. 내가 낸 시간에 주님은 한 번도 빈손으로 보내지 않으셨다. 그날 강론은 고백 성사에 대한 강론인데 예를 하나 들고 계셨다.

세리와 존이 할머니 댁에 놀러갔다. 존은 할아버지가 만들어 준 새총을 들고 뒷산에 올라 새를 잡으려 했으나 잡지 못했다. 존은 터벅터벅 내려오다 할머니네 오리에 총을 쐈고 그만 오리가 죽어버린 것이다. 존은 그 오리를 헛간에 숨겼다. 저녁이 되자 할머니가 "세리가 설거지를 하렴." 하자 세리는 "존이 한데요." 그러자 존이 말했다. "아니, 언제 내가?" 그러자 세리가 말한다. "오리." 그러자 존은 할 말을 못했다. 죽은 오리 사건을 세리가 본 것이다.

다음날 할아버지가 세리한테 낚시를 함께 가자고 하니 존이 함께 갈 것이라고 한다. 다음날도 그 다음날도 세리는 존을 괴롭혔다. 그러자 존은 더 이상 견디지 못하고 할머니께 사실을 말씀 드린 것이다. 할머니는 존을 끌어안으셨다.

"그동안 수고 했다."

존은 할머니가 알고 계셨는데도 말씀 안하신 일에 놀랐다.

"알고 계셨던 거예요? 그런데 왜 아무 말씀 안하셨어요?"

할머니는 웃으셨다.

"알고말고. 언제까지 세리의 종노릇을 하는지 두고 보았다. 스스로 무엇을 잘못 했는지도 알아야하고."

나는 그날 이후에 고백성사가 자유로워졌다. 죄의 종살이를 하지 않으려 자주 성찰하여 성사로 이어진다. 특히 오상의 비오 사제의 도움을 청하면서 성찰을 했다.

그리스도의 재현

　미국에서의 한인 프란치스코 재속회의 역사가 30년이 넘었다. 월례회에 나와도 배운 것도 없고 꼴 보기 싫은 사람 때문에 그만 와야 하겠다는 사람들이 있다. 나 또한 마찬가지다. 내가 꼭 이걸 해야 하나 싶을 때도 있다. 내가 여기서 뭐하고 있나 생각할 때도 있었는데 사실 이거 안 하면 뭘 묵상이란 것을 하고 살려는 지 자신이 없었다.

　우리는 생각을 바꾸어야 했다. 월례회에 배우러 오는 것이 아니라 월례회는 한 달을 살아온 것을 내어놓는 장소이다. 혼자 그리스도를 재현할 수 없으므로 30명이 모여 하나의 그리스도를 재현하는 장소이다. 나는 그리스도 눈으로 살았다면 그 살아온 것을 내어놓는 장소이다. 또 다른 이는 그리스도 손으로 살았으면 그 살아온 것을 나누면 된다.

　30명이 하나의 지체로 살아온 것을 모두 내어 놓는다면 우리는 완벽한 그리스도를 재현할 수 있다. 월례회에 나와서 그리스도를 못 만났다면 당신이 한 달 동안 헛살았다는 것이다. 그래서 찌그러진 그리스도를 보았기 때문에 불만족이 나오는 것이라고 나는 단정 하는 것이다. 30명이 모여 그리스도를 재현하는 장소이기도 하고, 30명의 스승을 만날 수 있는 장소이기도 하다. 분명히 그곳에는 스승이 있다. 30명이 모두 스승이었다면 감사하다고 돌아가야 하건만 나는 불평을 하며 돌아간다. 도대체 우린 뭘 배운 거야.

아니다. 우리는 배우러 온 것이 아니다. 집에 혼자 있으면 배울 스승이 없다. 혼자 있는 것은 성인 아닌 사람이 없을 것이다. 사랑할 상대가 없는데 죽은 성인이다.

이걸 알고 있기에 우리는 꾸역꾸역 모여든다. 다리를 이끌고 오시는 선배님이 도착 하시는 걸 보면 안도의 숨이 쉬어진다. 별 일 없으셨구나.

깍쟁이 자매님이 저만큼 서 계시면 혼자 웃는다. 건강하시구나. 맨날 엉뚱소리 하는 그분을 보면서 사랑 할 수 있는 기회를 얻었구나. 늘 코드가 안 맞는 자매님이 저만큼 서 계시는데 지나칠까 하다가 성령의 도움을 청한다. 성령님, 도와주세요. 그러면서 다가가 진심으로 포옹을 한다. 그분들이 있기에 나 또한 존재 한다는 것을 알고 있다. 고맙습니다.

필요한 것과 좋아하는 것

자의 반 타의 반으로 요즘은 주변 정리를 하고 있다. 살아가면서 꼭 필요해서 옆에 두는 것이 있고, 내가 좋아해서 옆에 두는 것도 있고 이것도 저것도 아니면서 그냥 언제부터인가 내 곁에 머무는 것이 있다. 단지 물건뿐이 아니라 사람도 마찬가지이고, 더 깊이 보면 마음도 마찬가지인 것 같다.

우선 물건 정리부터 시작했다. 많이 쓰이는 물건도 있지만 한 번 쓰기 위해 두고 있는 물건은 과감하게 정리했고 내가 좋아해서 두었던 물건 역시 정리했다.

다음은 사람이다. 사람도 정리가 필요했다. 나 같은 사람은 사람을 좋아해서 반드시 주변 정리가 필요했다. 많은 묵상이 필요했다. 결국 내가 내린 결론은 마더 데레사가 하신 말씀처럼 매 순간 만나는 그 한 사람을 진심으로 사랑하는 것이었다.

내가 소식을 전하지 못하여 관계가 소홀하지 않을까 하는 염려에서 벗어나 자유롭게 살면서 언제 어디서 누구를 만나던지 사랑으로 대할 것으로 정리를 했다.

다음은 마음이었다. 이 마음이 제일 문제다. 물건은 눈에 보이기에 그나마 정리가 간단한데 마음은 잘 되지 않는 것이다. 아주 오래된 것에서부터 붙들려 노예처럼 지내는 내가 너무 한심하였다. 그러던 어느 날 어느 신부님께서 침묵 기도를 드려보라고 하신다. 묵상기도와 관상기도는 들어보았어도 침묵기도는 처음 들어 보았다. 최소한 하루에 15분씩 아무런 말도 생각도 하지 않고 하느님 안에 몸을 맡기고 분심이 들면 조용히 예수님만 부르는 것이다.

시도를 해보았지만 어려웠다. 아주 오래 걸렸지만 좋아지고 있다. 침묵기도 때 떠오르는 잡념을 기억 했다가 따로 보는 연습을 했다. 사람마다 모두 다르기 때문에 자기가 할 수 있는 기도를 택하는 것도 좋을 것 같다.

잡념도 내 것이기에 충분이 보고 이별을 해야 한다는 생각이었다. 덜어낸 것 중 제일 큰 것은 내가 다른 이들의 눈을 너무 많이 의식 했다는 것이다. 나는 천주교 신자이기에 착해야 하고 모범적이어야 하며 맏이로서 책임감…등등. 그래서 알았다. 나는 착한 것이 아니었고 단지 약했다는 것을. 그래서 약해서 받았던 지난 상처들도 충분이 다독이며 이별을 했다.

지난 내 마음을 정리를 하다 보니 내가 누구인지 알 수 있었다. 나는 내가 좋아하는 일을 남들과 공유하는 것을 좋아했다. 나는 혼자 하는 것보다 함께 하는 것을 잘했다. 그렇다면 이제 그동안 해 왔던 발효음식과 다육이를 통해 다른 이들과 함께 하면서 단순하게 살아갈 것이다.

어떤 친구면 좋을까

　오랜만에 연락해도 어제 본 듯 반가운 사람,

　무슨 이야기를 해도 얼른 알아듣는 사람,

　악의 없이 남의 말을 주고 받고나서도 말이 날까 걱정하지 않는 사람,

　내가 빗나간 일을 할 때 조용히 잘못 되었다고 말해 주는 사람,

　이러한 사람이 내 주위에 몇 명일까? 나는 다섯 명이 있다. 그 다섯 명을 자주 보지 못한다. 하지만 기도 안에서 자주 보는 사람들이다. 상대가 나를 그렇게 생각하는지 나는 모른다. 하지만 나는 그렇게 생각한다. 최근 사람들이 아니고 아주 오래 된 사람들인데 나는 그렇게 생각하고 살고 있다. 살면서 그 사람들은 내 기대에 어긋난 적이 없기 때문이다. 때로 서로 실수로 이어질 때가 있지만 그들이 바로 알아차리는 사람들이고, 나 또한 기다린다.

　그들도 나의 부족함을 기다려 주는 사람들이라고 믿고 있기에 늘 든든한 기도 후원자들이다. 그래서 풍요롭다.

그 순간은 진실이었다

지루한 어느 오후에 책장을 뒤적이다 발견한 책이 『내적인 삶의 발견』이었다. 오래전 읽은 것 같은데 기억이 가물거려 책장을 주르륵 넘기는데 메모가 붙어있었다. 뜯어내어 읽어보니 "나는 내 힘으로 하루도 살 수 없음을 알았다. 누구인가의 기도가 나를 살게 함이다. 이곳에서 무릎을 꿇는다. 남에게 기도의 빚을 얼마나 지었던가. 나도 죽기 전에 갚아야 하리." 이 메모를 읽자마자 내게서 나오는 말은, "거짓말."이었다. 그 말을 던지고 나는 골똘히 생각해 보았다.

이 책 151페이지 〈가르멜 수녀들의 대화〉에서 "만일 하느님을 믿는 믿음이 보편적인 것이라면, 이렇게 많이 기도할 필요가 없지 않습니까?" "자매여, 기도는 우리의 자유, 굶주림과 갈증과 같은 긴박한 필요에 의하여 하는 것이 아닙니다. 다른 이들을 대신해서 사람들을 위해 기도하도록 허락하신 하느님께서 이렇게 하기를 원하셨기 때문에 하는 것입니다. 이처럼 각각의 기도는 자신의 양들을 돌보는 목동의 기도인 것입니다. 이것이 인류의 기도입니다."

쪽지 글은 위 내용을 읽고 쓴 글이었다.

분명 내가 읽고 나서 쓴 답인데도 내가 답을 썼다는 느낌이 들지 않아 나는 '거짓말'이라고 했다. 그 뒤에 다른 이들을 위하여 기도한 적이 별로 없으니 거짓말이 분명한 것이다. 하지만 내가 어느 한순간씩은 진실을 살아왔기에 오늘이 있지 않을까싶었다.

나뿐만 아니라 모든 사람들이 잘 살아보려는 다짐과 진실이 있어 오늘의 이 세상이 지탱하리라. 그 책에서 마지막으로 채프먼(Chapman) 신부님의 말을 인용해서 써놓은 글이 있다.

"원칙은 간단합니다. 당신이 할 수 있는 것을 기도 하십시오. 당신이 할 수 없는 것은 기도 하지 마십시오."

내가 성장했는지를 알려면 남을 위한 기도를 하고 있는지 아닌지 보면 안다고 한다.

내 성장은 언제가 될까.

기름 부은 자

멕시코 과달루페 성지를 떠나면서 산마을까지 다녀오기로 했다. 산마을에서 선교를 하는 수녀원이 있기 때문이다. 그 수녀원에 주교님이 오시어 무엇이 가장 어려운가 물어 보실 때 수녀님들은 미사를 매일 드릴 수 없음이 아쉽다고 했다.

주교님이 말씀 하셨다.

"수녀님들이 가난한 이들의 고름을 짜고, 가난한 이들과 울어 줄 수 있음이 미사이고 성사입니다."

나는 그 소리 이후 내 삶의 현장이 어디인가에 미사의 가치를 둔다. 그래서 그곳을 방문하기 위하여 10여 명이 먼저 멕시코로 떠났다. 2박을 그 산 수녀원에서 보내기로 했기 때문이었다.

멕시코에 도착한 우리의 사정은 달라졌다. 멕시코는 마약 전쟁으로 내란 중이었다. 절대로 그 산을 못 간다는 것이다. 산 까지는 버스로 10시간을 가야하는 곳이었는데 결국 우리는 멕시코 시내 관광을 하기로 합의를 보았다.

그 중에 한 분의 사제가 있었는데 샌버란디노 교구에서 6년을 사목하시고 한국으로 들어가시기 전 순례길을 나선 것이라고 했다.

내가 출석한 본당 사제였지만 두 곳을 맡고 계셨기 때문에 이번 순례길을 함께 하는지는 몰랐다. 그 사제는 다음 날 2월 2일 봉헌 축일날 당신이 사제서품 받을 날이기에 기어이 어디서라도 미사를 드려야 한다는 것이다.

산에서 미사를 드리기로 했지만 순례길 안내자는 성당 섭외를 못한 상태였다. 그 안내자는 서둘러 멕시코 한인 성당을 알아본 뒤 성당 친교장을 빌릴 수 있었다. 그날 그 성당 성모회장님이 나와 제대도 준비해주었고 나는 거리로 나가 꽃을 사왔다. 사제 서품 미사인데 제대에 꽃은 있어야 할 것 같아 꽃을 한 다발 사왔는데 나보고 바가지를 썼다고 한다.

손해 보는 이가 있으면 이익 보는 자도 있겠지 하며 우리는 미사 드릴 준비를 했다. 그 사제를 나는 6년을 모셨다. 우리 성당은 인원이 적은 성당이었고, 다른 성당은 300명쯤 되는 성당이었다. 그 큰 성당에서 무척이나 힘들게 사시다가 한국으로 들어가시는 길인데 그 사제가 봉헌축일 미사를 드리는 것이다.

미사는 12명 정도의 인원이 원으로 모여 미사를 드리는데 나는 보았다. 그 사제의 후광을.

그 사제의 뒤에서 빛이 났다. 나이가 드신 사제는 평상시 박력이 없으셨다. 그러나 그날의 미사는 주님께서 완전히 빙의하신 것 같았다. 그리고 성모님의 목소리가 들리는 것 같았다.

"내가 사랑하는 사제이다."

고생하고 돌아가는 이 사제를 성모님은 위로 차 여기로 보내셨다는 생각이 들었다.

그날 저녁은 같이 순례할 사람들이 합류했으므로 다음날부터는 예약된 성당에서 미사를 드릴 수 있었다. 그날 이후 나는 깨달았다. 보기에 초라하고 흠이 있는 사제가 있다하여도 판단하는 것은 우리 몫이 아니라고 말하고 싶다. 어떤 사제도, 아니 그 누구도 우리가 판단할 대상은 없다.

4부

제 탓이오

성당에 다닌 지가 수십 년이다. 어려서 세례성사를 받고 미사를 드릴 때는 그냥 주일을 지키는 의미가 컸다. 그 후 결혼하여 힘든 시기가 찾아오자 미사 때에 '내 탓이오'가 무척이나 힘이 들었다.

무엇이 맨날 내 탓이라고 하는지 자꾸만 화가 나기 시작했다.

왜 맨날 내 탓이라고만 하는지 미사를 드리고 나오는 어깨에 짐을 진 느낌이 자주 들었다. 그런 기분이 들 때에는 가족관계에서 힘든 일이 있을 때였다. 남들과의 관계는 서로 의견이 안 맞으면 안 보면 되는데 가족은 대단한 십자가로 다가온다. 그래서 미사를 드리는 내내 위로보다는 마음의 짐이 엄청 클 때가 있다.

세례 성사를 받고 구원의 문으로 들어가는 게 언제쯤인지 잘 모르고 구원 길은 아주 멀게만 느껴지던 어느 날, 내 탓이라는 것을 알아듣는 시기가 있었다. 내 탓이 무엇인지 알아듣던 날, 나는 구원의 문으로 들어가는 것을 알았다.

지금 이 글을 쓰는 시기는 60대 후반이다. 참으로 오래 걸렸다. 신앙생활을 18세 때부터 했는데 이제야 그 늪에서 빠져 나오다니, 너무도 기뻐 소리를 지르고 싶어 이 글을 쓰게 되었다. 글재주가 아닌 이제야 하느님을 제대로 만난 기쁨을 실감하기 위한 작업인 것이다.

　처음에 가족으로 시작할 때는 무엇이든지 사랑으로 감싸 안을 수 있었다. 시간이 지나면서 지쳐가고 경제적인 것과 또 다른 가족 간의 갈등 등 여러 일 들이 겹치면서 사랑이란 단어는 굴레가 되어가고 상대가 나를 조금씩 무시하는 태도가 불쾌하게 들리는데도 참아야 한다는 생각으로 지내왔다.

　시간이 흐르면서 그 자리를 상대에게 조금씩 더 내어주면서 어느 사이 감당하기 어려워질 때 폭발해버린 것이다. 나뿐만이 아닌 이민 1세 모두가 자식들과 살아내느라 자기 자신을 돌볼 수 있는 여력이 없었고, 어느 사이 자녀들은 학교졸업과 결혼을 하여 떠난 그 자리에 바짝 말라버린 내 영혼과 마주 한 그날은 너무도 비참했다. 그래서 헤맨 것이다.

　우리 이민 1세들은 노는 법을 못 배웠다. 신앙생활 잘 하는 사람들을 비웃을 것이다. 하느님 안에 있는데 왜 따로 노는 법을 배워야 하는가 하고. 하지만 우리는 나 자신을 위하여 쉬면서 하느님 안에 머무는 법을 잘못 배웠다는 것이다.

최소한 나는 그러했다. 몸은 에너지가 줄어들었는데 가족관계는 옛날 그대로 유지 해 주길 바라는 것에 숨이 멎을 것 같았다. 모든 것이 다른 사람의 탓으로만 여겨져 구토가 나고 더 이상 살아낼 자신이 없던 때, 상황을 바꾸어 보아야 하겠다는 생각이 들었다. 환경을 바꾸지 않고는 변할 수가 없다. 집에서 5일을 나가있고 주말에만 오고 멀리서 나를 바라보는 연습과 네 자신의 밑바닥을 자주 드려다 보는 시간을 자주 가져 보았다.

그래서 알아냈다. 내 가족이 나를 힘들게 하는 것이 아니라 내가 착한 척 했음을. 착한 것도 아니고 약하여 할 말 못 하고 살았으면서 모든 것을 상대의 탓이라고 살았으니 나로 인하여 가족도 힘들었음을 알았다.

가짜 평화

바람이 불고 난 뒤 사막의 날씨는 평화롭다. 나 또한 날씨 못지않게 평화롭다고 생각했다. 내적으로 아주 깊은 저 밑에서 부터 올라오는 자유로움이 나는 참 평화라 믿으며 하루를 시작한다.

한 통의 이메일이 들어왔다. 전화기로 이메일을 확인하는 순간 얼굴이 화악 달아오른다. 자동차 두 대 중 남편의 명의로 된 자동차만 보험이 들어있고, 내 이름으로 된 자동차는 보험에 가입하지 않은 것이다. 왜 나쁜 기억은 오래 각인되는 것일까.

오래전 눈길에서 자동차가 몇 바퀴를 굴러 가이드레일을 치면서 자동차 한 대를 폐차한 기억이 난 것이다. 20년을 넘게 보험을 들었는데 사고가 난 뒤 알아낸 것은 우리 차에 상대방 병원비는 들어 있는데 우리 병원비는 포함되지 않았다는 것이다.

자동차는 폐차하고 나는 병원에 실려 갔지만 간단한 검사결과 이상이 없다하여 집으로 돌아왔다. 그런데 잠깐 들려 검사한 병원비가 사천 불이 넘게 나온 것이다. 난 그 뒤에도 후유증으로 오래 시달렸다. 그런데 이번에 또 건성으로 보험을 든 것이다. 남편은 싸게 들었다고 좋아라 했지만 난 꺼림직 하던 차에 이메일이 들어온 것이다.

머리가 흔들리고 가슴은 터질 것 같다. 하지만 한숨을 들이쉬고 이유를 남편한테 물어보았다. 잘못된 것을 알아차린 남편은 서둘러 나가 보험을 처리했지만 만약 내 이메일을 안 보고 그냥 넘어갔다면 나는 아무 것도 모른 채 운전을 하고 다녔을 것이고 만약 다른 사고로 이어졌다면 그 책임을 누구한테 물어야 했겠는가.

좋게 생각하여 나쁜 일이 일어나지 않으려고 미리 알게 되었다고 생각해도 될 일이지만 보험은 여러 번 체크해도 과하지 않을듯하다. 이렇게 내 평화는 하루를 넘기지 못했다.

"그러므로 평화는 육신의 종이 된 사람의 마음에 있는 것이 아니요."(준수성법 p20) 절제할 수 없는 감정에 이런 글이 떠오른다.

실패한 평화를 주님께 의탁해본다. 참 평화를 주시라고….

말버릇

오늘의 나를 있게 한 것은 내가 한 말들로 이루어 졌다고 본다. 우리나라 속담은 말은 씨가 된다하고, 독일 속담은 말이 살아서 숨을 쉰다고 한다. 나는 독일 속담을 좋아한다. 어느 장소에 갔을 때 나쁜 말을 많이 한 장소에 들어가면 공기가 싸늘하다. 반대로 좋은 말을 많이 한 장소에 들어가면 공기가 따스하다. 또 있다. 생각과 행동과 말은 우주에서 없어지지 않는다고 한다. 어디서 들었는지 모르지만 나는 이 말을 듣는 순간 말버릇에 심혈을 기울인다.

말뿐만이 아니라 생각 행동까지, 때로 힘들 때 자세히 보면 지난 내가 한 말의 대가로 이어지는 경우가 많다. 나같이 말을 서둘러 하는 버릇을 가진 사람은 특히 조심해야 하는데 참으로 쉬운 일이 아니다. 감옥이 따로 있는 것이 아니고 내가 뱉은 말을 책임지기 위하여 바쁜 일상을 살아간다. 늘 대답을 쉽게 하는 버릇 또한 나의 올가미이다. 그 대답에 관해서는 두 살 손주 때문에 많은 묵상을 했다.

그 아이는 TV를 볼 때 1편 남았으니 우리 이것이 마지막이야, 약속하자 하면 절대로 약속을 안 한다. 그 프로가 끝나 전원을 끄려 할 때 한 개만 더 보는 걸로 약속을 또 하자고 한다. 또 끝날 무렵이 되면 두개의 손가락을 펴 보이지만 나는 단호하게 거절한다. 약속은 지키라고 있는 것이라며 전원을 끈다. 어느 때는 약속을 잘 지키는 날도 있지만 어느 때는 떼를 쓰기도 한다. 그래도 그 약속을 기억하고 내일 다시 보자고 하면 인정한다.

좀 더 커서 이제 손녀가 말을 할 때이다. 불리한 대답을 요구하면 생각 좀 해 보고 대답을 주겠다고 한다. 나는 오늘도 배운다. 누가 나에게 대답을 요구할 때 생각을 해보는 연습을 한다. 이제야 시작했으니 제대로 될지 모르겠지만 그래도 해 보자.

완전한 미사

울산을 다녀왔다.

젊은 사제가 아이들 여섯 명을 데리고 사시는 곳이다. 하룻밤을 그곳에서 묵었다. 아이들은 구김살 하나 없이 살아가고 있다. 파마를 한 아이도 있고, 넘어져 다친 아이도 있고 시끌벅적했다.

나는 내 아이 아빠가 일찍 우리의 곁을 떠나 하늘나라로 떠났기에 늘 아이들이 애잔하여 아이들에게 항상 마음이 간다. 그 아이들을 돌보는 이들도 어떤 마음인지 공감할 수 있었다.

다음 날 아침이 주일이었다. 나는 당연히 아이들과 함께 미사를 드리는 줄 알았는데 요즘은 일요일 종교적인 행사를 강요하면 종교 탄압이라고 안 된다 했다. 백 프로 본인 의사에 맡겨야 한단다. 18세 이상이 되면 말이 되지만, 어린 아이들의 의사를 존중하라는 것이 나는 이해 할 수 없었다. 우리는 미사 드리고 싶은 사람만 올라갔다.

어린 아이 4명 중 2명은 하던 놀이를 계속했고, 2명은 미사를 드리러 갔는데 4학년짜리 민수는 미사해설을, 1학년짜리 가은이는 복사를 담당하겠단다.

복사를 하는 가은이는 한복에 동전만한 영대를 두르고 복사를 했고, 민수는 입당송에서부터 거침없이 신부님의 보조를 맞춰 해 나아갔다.

성찬식이 되자 민수는 입으로 종소리를 낸다. 띠잉잉 성찬식 내내 오르고 내리는 동안 네 번의 종소리를 냈다. 가은이는 한쪽에서 졸고 있었다.

성찬식이 끝나고 평화의 인사를 할 때 밑에서 놀고 있던 녀석들이 뛰어올라와 평화의 인사를 함께 나눈다. 놀고 있으면서도 귀는 이곳에 열어 두었나보다.

나는 이 광경을 머물러 본다. 우리가 미사 전례 안에서 완벽하게 준비하려 얼마나 애썼던가. 최선을 다하여 준비를 하되 받으시는 분이 볼 때는 턱도 없는 것이다. 헌데 이 미사 안에서 주님이 보시기에 이 보다 더 완벽 할 수는 없지 않을까?

그날 사제가 아이들과 드렸던 미사의 가치를 얼마나 느끼고 계실지 모르겠다. 어느 본당에서 수백 명과 드리는 미사와 네 명의 아이들과 드리는 미사는 다르지 않음을….

아~ 사랑이여.

익숙한 것들

 강가의 물소리를 들으면서 아침을 맞이한다. 창문을 열고 건너다 본 강 저편에는 자전거 타는 사람들의 무리가 지나가고 걸어서 산책을 하는 한 그룹이 지나간다. 참으로 평화로운 모습이다. 그 옆에는 엄청난 위력을 자랑하는 포크레인이 작업 중이다.

 동생은 그 포크레인을 쳐다보면서 울분을 토한다. 자연 그대로 두어야 하는데 또 담을 치고 시멘트를 발라버리면 어쩌자는 건지 모르겠다고 중얼거린다.

 동생이 섬진강 기슭을 못 떠나는 이유 하나가 이쪽 경치다. 헌데 요즘 자꾸만 자연이 훼손 되는 것을 못 견디어 한다. 나는 멀뜨기 같은 방향을 바라보면서 동생을 본다. 나는 동생의 생각을 이해못하고 있었다. '그 길을 조금 건드린다고 저토록 흥분하다니…'

 동생의 집 강줄기 옆에서 산만 바라보아도 매일이 행복하다. 4월의 산은 자고 일어나면 변한다. 새 잎이 돋아날 때는 어떤 나뭇잎도 같은 색을 지니고 있지 않는다. 수많은 나무가 모두 다른 연록색을 띈 산을 바라보는 나는 창조주께 저절로 찬미와 영광을 드리면서 감사기도로 이어진다.

산은 여름으로 가면서야 모두 같은 진녹색이 되어간다.

한낮이 되자 두 여인이 물 가운데로 들어가더니 다슬기를 잡고 있다. 그 모습은 한 폭의 그림 같다. 20년 전에는 생계를 위하여 다슬기를 잡았지만 지금은 추억이 그리워 다슬기를 잡는다.

나도 들어가 낮은 물가에 앉아 다슬기를 잡아본다. 잡아온 다슬기가 아까워 끓여 먹어보지만 예전에 먹었던 그 맛이 아니다. 끓여낸 다슬기는 역시 코발트색이다. 하지만 내 입맛은 많이 변하여 어린 시절 먹었던 맛이 아니다.

그래도 물가에 앉아 있노라면 내가 세상 안에 있는 것 같지 않다. 그대로 가면 아무 생각도 못하는 바보가 되는 건 아닌지 모르겠다.

살아있기 좋은 날

시골 농장에서 11월 마지막 날에 일을 마치고 한 잔의 모과차만 마셔도 나의 영혼을 행복하게 만들기에 충분했다.

어쩌면 이대로 생을 마감해도 좋다는 느낌이 들었다. 어젯밤에 한국에 있는 큰 딸이 필요한 것이 없느냐고 물으려 영상 통화를 했고, 작은 딸은 아이를 재우기 위하여 잘 자라는 굿나잇 키스를 하라고 영상통화를 했다. 나는 어김없이 밤에 먹는 타이레놀 반쪽을 먹고 깊은 잠을 청했다. 내일 아침을 볼 수 없을지도 모른다는 생각을 하면서 누워서 감사기도를 드리고 잠이 들었다.

하지만 아침에 또 눈을 뜨고 다시 하루를 선물로 주신 나의 신께 기도를 드리고 일찍이 걸려온 오랜만의 친구의 전화를 받고 또 감사하며 일을 시작했다.

이곳 날씨는 어제와 오늘이 정말 아름답다. 방에 들어오고 싶지 않을 만큼 좋은 날씨에, 혼자 계신 어느 분께 드릴 물건들을 준비 하면서 아직도 누구인가에게 나누어 줄 수 있는 물건들이 많음에 또 한 번 감사드리며 안으로 들어와 방 안에 있는 나무난로에서 찻물을 따라 한 모금 머금을 때 깨어 있음이 행복으로 이어지고 있었다.

시골에서 살아온 지가 17년이 되었다. 많이 힘들었다 싶었는데, 아니 늘 누구인가에게 책임전가를 위하여 입을 열었었던 순간들이 부끄러워 숨고 싶은 날들이 많았다. 그렇다고 지금 모든 것이 완전하여 더 이상 악의 종노릇을 안 할 수 있다는 뜻은 아니고 최소한 다른 이들의 탓이 아니었다는 것을 알 수 있다는 것이 감사 할 뿐이다.

농장의 나뭇잎들은 새 봄을 맞이하기 위하여 자연에 순응하고 있다. 매실, 뽕, 감나무 등등 이 나무들은 잎을 떨구어 내면서 내년을 준비한다. 매실나무는 자세히 보면 꽃을 피우기 위한 자리를 벌써 찾아 놓았다. 매실은 눈 속에서 피는 꽃이기에 더욱 빠른 준비를 하고 있는데 지나쳐 버리면 보이지 않는 것들이 자세히 보면 하나하나가 정말 아름답다. 하느님께서 허락 하신다면 그 꽃들을 다시 볼 수 있겠지만 못 본다 한들 아쉬움을 두지 않으려 한다. 지금 볼 수 있는 것들을 마음껏 사랑하는 법을 배웠기에 감사할 뿐이다.

한 지붕 가족

내 어머니는 많이 배우지는 못하셨지만 지혜로운 분이셨다.

어머니의 큰딸인 내가 29살 나이에 혼자가 되자 어머니는 자나 깨나 재혼을 시키기 위한 노력을 엄청나게 하셨다. 하지만 나는 재혼 생각을 하기에는 몸이 날로 쇠약해지고 있었고 어머니의 말씀은 귓가에 들리지가 않았다.

어느 날 어머니는 전화를 하셨다. 시골 차부에 점방이 났으니 내려오라는 것이다. 그 '차부'는 시골 버스정류장을 말하는 것이었고, 점방은 그 정류장 안에서 새벽에 버스를 타기위한 손님들을 위하여 국밥과 막걸리 한 잔씩을 파는 곳이었다. 그곳으로 오라고 연락을 한 이유는, 점을 치러 갔더니 내가 사람들을 많이 만나야 하는 팔자이니 기생을 하던지 술을 팔아야 한다는 것이다.

또 다시 어머니는 내려오라는 다급한 전화를 하셨고 나는 그곳으로 내려갔다.

어머니는 차근차근 말씀하셨다.

여자가 첫 남편이 죽었다는 것은 이미 그 팔자는 볼 것
도 없으니 아무 놈이나 하고 이름을 지어 재혼을 하라는
것이다. 그 이유는 젊은 여자가 아이 데리고 혼자 살면
쓸데없는 사람이 넘보며, 혹시라도 아이 데리고 사는 게
힘들어 남의 첩으로 들어가 남의 눈에 눈물 내이면 네 눈
에서도 피 눈물 흘리게 되니 그럴 바에야 재혼을 하라는
것이다. 한 지붕 밑에 한 가정을 이루고 살아야 사람이
라고.

어머니께서는 당신이 본 그곳이 전부이기에 혼자되어
자꾸 이유 없이 말라가는 딸에게 차부에서 막걸리를 팔아
보라는 것이었다. 그렇게 어머니는 큰 딸을 걱정하셨다.

나와의 화해

교실 안에 작은 아이가 웅크리고 있다. 그 아이는 몹시 불안해하고 있었다. 그 아이는 창가 쪽을 계속 흘끔거리면서 앉아있었다. 나는 그 아이를 조용히 불러내었다. 불려나온 아이의 이야기를 들어 보자.

어린 나는 아침을 먹고 학교를 가기위하여 책보(책가방)를 든다. 어머니의 눈을 피해 얼른 달아나듯 튀어 나오는데 기어이 한마디 하신다. "말하고 와라이…."

오전에만 공부를 하고 오후에는 조퇴를 하여 집에 돌아와 동생들을 돌보라는 말이다. 어린 나는 걸으면서 생각한다. 오늘은 조퇴하지 않을 거라고.

하지만 오후가 되자 불안하기 시작한다. 창가에서 어머니가 부를 것만 같아 마음을 조이고 있는데 어머니는 어김없이 나타나셨다. 어린 나는 하는 수 없이 터벅거리면서 집으로 가고 있다. 뒤에 따라오신 어머니는 말씀하신다. 나 원망하지마라. 죄가 있다면 가난한 집에 태어난 네 죄가 크다. 그걸 이해하기까지는 엄청난 시간이 흘러야 했다.

집에 돌아온 나는 동생 한 명은 등에 업고, 한 명은 손을 잡고, 또 한 명은 내 뒤를 따라오면서 쉬지 않고 떠들어댄다.

떠들어대는 동생이 싫었다. 친구 집에 따라와 참견하는 동생이 귀찮아 대문 옆에서 살짝 밀어버렸는데 그 동생은 대문이 넘어가지 못하게 세워둔 돌에 턱 밑이 찍혀버렸다. 동생은 아주 큰 소리로 울어댔다.

울음소리를 듣고 달려온 어머니한테 동생은 말했다. 어매, 어매, 내 턱으로 물먹으면 물새나 보소. 그때 놀라기도 했지만 그렇게 말하는 동생이 너무 미웠다.

동네에 동생을 업고 돌아다니면 동네 어른들이 하시는 말씀이, 저 깜끔막(언덕) 밭에 보리를 심으면 농사가 잘 안되어도 내 등에 보리를 심으면 잘 될 거란다. 나는 그 소리도 싫었다. 동생들이 내 등에 오줌똥을 그만큼 많이 싸 놨다는 소리다.

많은 동생들 때문에 국민학교 졸업장도 받지 못했다는 마음의 소리가 어른이 되어 오랜 시간이 지나고 있는데도 해결을 못하고 무슨 일만 생기면 못 배운 한이 고개를 들어 나는 피해자라고 징징대는 것이다.

나는 불러낸 어린아이와 이야기 한다. 배운 사람들은 시작이 쉬웠겠지만 살아보니 그렇지도 않더구나. 50살 넘으니 배운 사람들이나 못 배운 사람들이나 다름이 없더구나. 이젠 포기하자고 말했다.

다시 태어나면 어떤 선택을 할까

어떤 이가 나에게 묻는다. 다시 태어나면 어떤 선택을 할 거냐? 나는 머뭇거리지 않고 대답한다. 다시 태어나도 같은 선택을 할 거야. 어머, 지겹지 않아? 아니, 난 같은 선택을 하되 같은 방법으로 살지는 않을 거야. 좀 더 지혜롭게 살겠지.

다시 태어 날 일도 없겠지만 나는 가난한 내 부모를 선택할 것이고, 내 동생들의 맏이로 태어나 못 다한 사랑을 할 것이다. 아버지의 빚보증으로 어머니는 항상 떠나고 싶어 하는 마음을 알고 있는 큰 동생의 불안, 아직도 그 동생은 나이가 들었지만 불리장애를 가지고 있는 듯하다. 몸이 약하게 태어난 둘째 동생, 일찍이 죽을 줄 알았는데 부모님의 지극정성과 안식교인으로 살면서 헌신적인 부인 덕택에 지금도 자기 덕인 줄 알고 떠들며 살아주는 약골, 어려서 홍역을 알고 난 뒤 약간 늦게 된 셋째 동생, 나는 그 동생을 홍역 중에 바람을 쏘인 장본인이다. 그래서인지 언제보아도 안쓰럽고 미안하다. 내 밑으로 아들만 셋이었는데 드디어 태어난 여동생, 나는 그 동생을 내 등에서 내려놓은 기억이 없는데 지난 2022년 이 세상을 내려놓고 떠나버렸다.

어머니는 이렇게 다섯을 낳고 더 이상 아이를 낳지 않기 위하여 가족계획을 했건만 실패하셨다. 몸이 아파 병원에 갔더니 가족계획한 곳이 상하였으니 서둘러 수술을 해야 한다고 했다. 그 뒤 아이가 바로 생긴 것이다. 그렇게 태어난 다섯 번째 동생을 키우다 나는 도시로 나왔고 그 뒤에 또 한 명이 태어났는데 어머니는 나에게 미안하다면서 임신 사실을 숨기셨다.

막내가 태어난 뒤 성장하여 결혼하고 아들을 낳은 뒤 그 동생은 하늘나라로 가버렸다. 그 때 그 슬픔을 이기지 못하여 아버지는 대상포진이 눈으로 와 끝내 돌아가셨고 어머니 또한 그 사건으로 인하여 사는 맛을 얻지 못하시어 돌아 가셨다.

막내가 남기고 간 아들은 큰 동생이 키워내고 있는데 우리 형제들은 큰 동생 부인을 고맙게 기억한다.

그런 시시한 내 동생들을 나는 사랑한다.

그리고 나는 병든 남편을 선택하여 결혼을 할 것이고 살아있는 나날을 후회하지 않게 살아낼 것이다. 그 사람을 선택한 대가로 주어진 아이 둘을 챙길 것이며 그 아이들한테 나를 엄마로 선택 해줘서 고맙다고 매일 매일 말하면서 사랑할 것이며 다시 재혼하겠지.

재혼하여 미국에 들어와 하느님과 가까이 있음을 확인하며 교회 공동체 안에서 지혜롭게 살아내다 마지막 내 삶을 위하여 자유를 선택할 것이다. 지난 세월 어느 것 하나도, 때로는 죄 중이었을 때도 나는 그 삶을 버릴 수 없는 내 것이었다는 것을 알고 있다.

신앙의 기초

가난한 집에서 자라나 도시의 직장에서 일하며 살아온 결혼 전의 시간은 순조로웠다. 칠 년의 직장생활을 마치기 위하여 예고 사표를 낸 나는 짐을 시골집으로 부치고 대구로 갈 생각이었다. 그때는 대구 근로자 회관을 짓는 중이었다. 안양 근로자 회관을 드나들며 동정녀들이 살아가는 모습을 동경했으므로 나는 대구로 가서 살고 싶었던 것이다.

어머니는 그걸 눈치 채고 선을 볼 것을 권하셨다. 자취방에 오신 어머니의 단식투쟁이 이어졌다. 하는 수 없이 안양역으로 장소를 정했다. 짐을 시골로 부칠 예정이었으니 안양역에서 만나자고 한 것이다.

짐을 부치고 돌아서는데 어머니가 손가락으로 가리키며 저 사람이라고 하신다. 입에 손을 대고 웃는 모습의 남자는 키가 크지 않은 순한 사람이었다. 나는 나가서 인사를 하며 눈앞에 보이는 다방을 가리키며 그곳으로 향했다.

그 남자는 작은 아버지와 함께 왔다. 그 작은 아버지는 시골 나의 어머니와 같은 동네 분이셨다. 그래서 중매를 했던 것 같다. 다방으로 옮긴 우리는 몇 마디 이야기를 하고 우유를 주문하신 어머니는 비위에 맞지 않은지 소금 조금, 우유 조금을 마신다. 나는 모른 척 했다. 어차피 오늘 보면 끝이라고 생각했기 때문이다.

그 사람은 나에게 명함을 주었다. 내가 다니는 회사 이야기를 했나보다. 우리는 그렇게 헤어졌다.

그 해 연말 무척이나 분주하게 지내고 있었다. 내가 1월 7일 예고 사표를 냈기 때문에 마지막 정리에 분주 했으리라. 회사에서 퇴근을 하는데 경비실에 누가 기다린다고 한다. 가서 보니 선 본 사람이다. 첫마디가 명함을 주었는데 왜 전화를 안했느냐고 한다.

나는 전화한다는 말을 한 적이 없다고 했다. 하지만 찾아온 사람을 차 정도는 대접해야 했다. 자리에 앉은 그 사람은 이야기를 하기 시작했다. 결혼을 해 보고 싶단다. 결혼을 해 달라는 것이 아니라 결혼을 해 보고 싶다고 하니 사연을 어찌 안 듣겠는가.

그 사람의 나이는 나보다 9살이 많았다. 그는 지금 결핵환자이며 삶은 포기 하고 있던 중인데 작은 아버지가 꼭 한 번 선을 보자고 하여 나온 것인데 너무도 세상물정을 모르는 처녀가 나왔기에 결혼을 해 보고 싶다는 것이다.

　건설업을 하던 그 사람은 만나는 사람들이 세련되었으리라. 직장과 성당 외엔 가는 곳이 없던 내가 순진하고 깨끗해 보였으리라. 그 사람의 병은 아주 위중했는데 나를 만나고 나서 서울대 한용철 박사님을 다시 찾아갔다고 한다. 그 박사님이 그때 주치의였나보다.

　고백을 모두 들은 나는 수일 내로 대답을 주겠노라고 하고 그 사람을 돌려보냈다.

　직장을 그만두고 집으로 내려갔다. 내려가서 부모님께 그 사람이 병중이라고 했다. 부모님은 펄쩍 뛰신다. 중매를 한 그 작은 아버지도 나쁜 놈이고 결혼을 하겠다는 그 놈도 나쁜 놈이란다. 당연하시다.

　나는 부모님을 설득했다. 그리고 결핵에 관하여 공부했다. 그런 다음 종로 의료기구 상회에서 주사를 집에서 놓을 수 있는 장비를 구입하여 이문동에서 어머니와 함께 사는 그 사람의 집으로 들어갔다.

　나는 사람에게 주사를 놓기 전에 베게에다 놓아 연습 했고, 나중에는 무에다 연습을 해 주사 바늘이 휘지 않게 됐을 때 사람에게 주사를 놓았다. 약도 잘 챙겨주고 밥도 잘 먹고 주사도 집에서 맞고 하자 그 사람의 병은 눈에 띄게 좋아졌다.

우리는 결혼했다. 주치의가 해도 좋다는 말을 했기 때문이다. 결혼하여 첫딸을 낳았다. 우리는 문제 없어보였다. 그렇게 좋아지던 어느 날, 하고 있던 사업이 흔들거리면서 병은 다시 재발했다. 급격히 나빠진 그는 인천 요양원으로 가야한다는 결론을 내린 동시에 둘째 임신을 알았다.

세상사람, 머리를 하늘로 하고 있는 사람 모두가 둘째는 낳으면 안 된다고 했다. 아빠가 살지 죽을지도 모르는데 어떻게 하려고 하느냐고 했지만 나는 천주교 신자이고 또 아이 하나보다는 둘이 서로 의지 하고 사는 것이 훨씬 낫다고 생각한 것이다. 아이 아빠는 병원에 입원을 했고 우리는 집을 정리하여 작은 곳으로 이사했다.

아이는 뱃속에서 자꾸 밖으로 나오려 했다. 나는 병원에서 관리를 받으면서 무사히 출산을 앞두고 있었는데 아이 아빠는 인천 요양원에서 나와 아이가 태어나는 것을 지켜보았다. 작은 딸은 아빠와 잠깐 있다가 아빠는 공주 요양원으로 옮기었다. 그때부터 우리는 삶의 무게를 실감했다. 아이들은 감염되어 약을 먹였더니 젖니가 모두 빠져버렸다. 그때 그 참담함이란 표현할 길이 없다. 부모의 무지가 아이들을 이 지경으로 내어 몬다는 생각에 견디기가 어려웠다. 다행히 아이들의 영구치는 무사히 잘

나와 지금도 튼튼하다.

그렇게 아이 아빠는 공주에서 마산으로 다시 옮겨 가면서 그때서야 세례준비를 하여 세례성사와 동시에 혼배와 아이 두 명도 세례를 받았다. 그 이후에 삶은 더욱 비참했다.

아이 아빠 나이 39세로 세상을 떠나면서 우리 남은 식구들은 참으로 어려웠다.

세상에 부부가 살면서 한 사람이 먼저 떠날 수 있다는 생각을 해 본 적이 없었기에 그의 죽음은 상상이 가지 않았다. 젊은 사람의 죽음을 처음 맞이한 나는 슬프다는 느낌이 들지 않았다. 구이동 성당에 연락을 했다. 그 때 주임신부님이 외국분이셨는데 미사는 물론 조의금 이십만 원도 주셨다. 나는 그걸 잊지 못한다. 사는 게 고달퍼 주일도 지키지 못하고 교무금도 못 내던 냉담신자를 따뜻하게 맞이하시던 그 사제는 지금 이 세상에 안 계실 테지만 또 다른 그리스도 제자가 살아내시리라 믿는다. 그래서 기도한다. 그런 사제들을 기억해주시라고….

그렇게 엎치락뒤치락 하면서 신앙의 기초를 다져가는 것이다. 고단하지 않게 살았다면 오늘에 나는 없다고 본다.

그리움

  시골 5일 장터를 돌아다녀 본다. 예전처럼 생선을 밖에 내놓고 파는 곳은 없었다. 전에는 빼놓지 않고 생선을 무더기로 쌓아놓고 장사하는 아저씨가 소리를 질러댈 텐데 생선도 없고 양은 냄비 파는 분도 없다. 고무신도 팔았고, 고무줄도 아주 긴 것을 긴 대나무에 매달고 다니면서 팔았다. 머리빗도 있었고, 참빗도 있었다.

  할머니들께서 봄나물만 잔뜩 가지고 나오셨다. 도라지를 사려고 하는 나에게 동생은 기다려 보라고 하더니 꼼꼼히 체크를 한다. 동생은 미끈한 도라지는 제치고 가장 못 생긴 것을 들고 나온다. 이것이 국산이란다. 거름을 덜 주고 키운 도라지는 향이 달랐다. 동생은 여기 나온 것 중 많은 것이 중국산이란다. 할머니들을 믿으면 안 된다고 하며 함부로 아무거나 사지 말란다. 그럼 누굴 믿고 살아야 할까

  어려서 5일 장날 친정어머니가 씩씩거리며 들어오셨

다. 이유를 묻는 나에게 생선장사하시는 분이 욕을 하셨다는 것이다. 나는 뭐라고 하더냐고 물었다. 생선가격을 묻는 어머니께 요년은 삼천 원, 요년은 삼천오백 원 했다는 것이다. 그래서 처음에 어떻게 생선가격을 물었는지 말해보라고 하자 이놈은 얼마고, 요놈은 얼마요?

나는 배를 잡고 웃었다. 원인제공은 엄마가 했다고 하자 수긍하지 않으신다. 생선장사 아저씨가 장난기가 동하신 것이다. 다시 가서 그 생선을 사 오셨는지는 기억이 없지만 동생과 나는 그런 어머니를 그리워한다.

아버지는 어머니보다 4년 먼저 돌아가셨다. 돌아가신 뒤 장례식장에 동네 어른들이 보내오신 조의금을 동생은 어머니께 드렸단다. 어머니는 그 때 양로병원에 계셨다.

조의금을 받아든 어머니는 셋째동생을 앞세우고 일일이 찾아다니면서 조의금을 돌려 드렸다. 돌려드리면서 하는 말 누가 초상이 나도 나는 조의금 들고 갈 수도 없고, 또 당신 자식들이 양로병원에 있는 나에게 부고장 줄 일도 없을 텐데 어떻게 이 돈을 갚겠느냐. 그러니 돌려받으라고 하면서 나누어 드렸단다.

어머니가 많이 그리운 날이다. 사랑한다는 말을 너무 아낀 것이 많이 후회된 하루다.

남은 삶을 축제로

눈을 뜨니 창가에 빛이 밝아오고 있다. 오늘은 나를 위하여 어떤 대본을 써놓으셨을까. 혼자 빙그레 웃으며 일어난다. 아침 기도를 드리면서 오늘 나는 주인공으로 살아낼까? 아님 조연으로 살아갈까 생각에 머물러 본다.

이 만큼 살아보니 주인공만 있는 것이 아니고 삶은 매 순간 나를 중심으로 돌아가고 있는 것 같다. 내가 있으니 내 주의와 사물을 인식하는 것이지 내가 없다면 아무 소용이 닿지 않는다. 그래서 나는 하루를 축제로 맞이하며 주인공으로 살아내려 한다.

류마티스 관절염으로 통증이 아주 심한 날이었다. 소염진통제를 먹어도 듣질 않는다. 그 통증이 얼마나 심한지 화장실 가는 길도 어려웠다. 내가 고통이 없으면 태만해진다는 것을 절실하게 공감한 날이었다.

나이 들어 세상에 살아 있는 많은 사람들이 한 가지 통증은 경험하고 살아낼 것이다. 사도 바오로의 통증이 무엇인지는 몰라도 그 통증으로 인하여 교만하지 않고 깨어있다고 했다. 나도 통증이 있을 때마다 깨어 머물려 한다.

나이가 들어가면서 자주 나를 흔들어 깨우고 있는데 이 통증이 제일 친한 친구가 되었다. 이 통증과 대화한다. 통증을 가지고도 이 하루를 축제로 살고 싶다고.

희생

칠남매 중 맏이인 나는 어른이 되어 가면서 유독 셋째 남동생과 의견이 같았다.

성향이 같다보니 미국에 살면서도 수시로 나무에 대하여 물어보고, 장독도 보내달라고 하면서 도움도 받았다. 도움을 청할 때 마다 한 번도 싫다고 하지 않았던 동생에게 난 늘 빚진 자였다.

그런데 지난 3월 동생이 위중하다는 소식을 들은 나는 정신을 차릴 수가 없었다. 동생 둘을 먼저 하늘나라로 떠나보낸 지금 셋째의 위중 소식은 나로 하여금 많은 생각을 하게 했다.

한국으로 달려 나가보니 단백질을 전혀 소화를 시키지 못하고 오직 탄수화물과 야채식만 하고 있는데 병원에서 온 몸을 검사해도 소화제만 줄 뿐 아무 이상이 없다고 한다. 필경 마음의 병인 듯하다.

살면서 한 번씩 마음고생을 하지 않고 살아가는 이가 있겠는가? 맛있는 음식을 전혀 먹지 못하고 지내는 동생을 바라보고 있노라니 무언가를 해야 하겠는데 딱히 무엇을 해야 할지 생각이 나지 않는다.

한 달 동안 동생과 있으면서 건강에 관한 책 3권을 보았다. 하나같이 커피가 나쁘다고 하는데 그 좋아하는 커피를 나를 위해서도 끊어야겠다고 마음먹었지만 쉽지가 않았다.

어느 날 아침 동생의 허리가 너무 말라보였다. 나는 그날부터 커피를 마시지 않았다. 며칠은 머리도 멍하고 자꾸만 눈이 커피 쪽으로 가더니 석 달이 지난 지금은 머리가 맑아졌다.

매년 사순시기에 무엇을 절제하여 나눔을 할까 하면서도 커피는 그 중에서 빼고 했는데 내가 예수님보다 동생을 더 사랑하나보다. 아니, 예수님의 눈으로 동생을 바라보니 희생이 되는 것이리라.

내가 성숙한가 아닌가는 남을 위하여 기도하는지에 달려 있다는데 이제야 형제를 위하여 기도를 하고 있으니 언제 남을 위하여 기도하려는지 까마득하다.

오늘은 잠시나마 육체의 고통을 겪고 있는 이들을 위하여 기도해보자.

대속

　새크라멘토에 아는 분이 사셨다. 그곳을 방문하여 주일 미사를 드리러 갔는데 사순 시기였던 것 같다. 주임신부님께서 강론 하시는 중 "저기 어린 양이 오신다." 늘 듣던 복음인데 그날은 내 죄를 대신하여 짊어지고 죽어 줄 어린 양이 걸어 들어오는 느낌을 받았다. 그 깨끗하게 생긴 어린 양한테 내 죄를 하나하나 들춰 주면서 네가 저 불속으로 들어가라고 떠미는 나를 발견한 것이다.

　그날 이후 그리스도를 왜 어린 양에 비유 하셨는지 알아 듣게 되었다. 며칠 전 동생 농장을 다녀왔는데 염소가 새끼를 낳았다. 얼마나 귀여운지 천진스러운 그 어린 염소는 낯선 나에게 오지 않으려 한다. 이렇게 귀엽고 사랑스러운 어린 염소에게 내 죄를 대신 대속해 제물로 배를 갈라 피를 바치고 불살라야 한다니, 한참을 염소 곁에 서서 생각에 잠겨 본다.

　염소가 곁에 없는 사람은 자기와 함께 살아가는 반려동물들과 묵상을 해 보면 어떠할까 생각해본다. 선조 아브

라함이 이삭을 바칠 때는 하느님께 순명하기 위함이라면, 나에게서 가장 귀한 것을 내어 놓으라 하시면 무얼 드릴 수 있을까.

  이것은 이래서 안 되고, 저건 저래서 안 되니 하느님, 그냥 하시던 대로 당신 아들 그리스도를 내어주세요 한다. 통곡을 할 일이다. 당신의 아들을 내어 놓으시자 나는 그 아들께 침 뱉고, 때리고, 밀고 모함했을 때 주님이 물으신다. 누구냐? 나를 모함하는 자가? 그러면 나는 어깨를 쭈욱 펴고 나는 아닙니다. 저를 보세요. 절대로 아닙니다.
  주님, 아시죠?
  그래도 괜찮다 하신다.
  너희들의 사랑은 독성이 있다. 오직 나의 사랑 많이 완전한 것이니라 하신다.

칭찬은 고래도 춤추게 한다

　어린 아이들에게 칭찬은 자존감을 갖게 할 수 있어 자주 칭찬하며 키울 수 있다. 하지만 나이가 들어 칭찬을 듣는 다는 것은 망하는 지름길이다.

　며칠 전 친구 집을 방문하여 『침묵』이란 책을 빌려왔다. 오랜만에 책을 손에서 못 놓고 단숨에 읽어 내려가다 결국 밤을 새웠다.

　잠깐 눈을 붙이고 나서 아침 기도를 드리는데 나도 모르게 눈물이 주르륵 흐른다. 오늘은 내가 좋아하는 사람 세 분과 베네딕도 수도원을 방문하기로 해 서둘러 나갔다. 마침 오늘이 5월 31일 '복되신 동정마리아 방문 축일'이 었기에 수도원에서 드리는 12시 미사는 모든 수사님들과 신부님들 그리고 그곳을 찾은 방문객과 함께 참으로 아름다운 축일 미사를 드렸다.

　미사 도중 내내 하늘로 오르는 사다리가 있는 듯한 착각을 일으키면서 이때 죽어도 더 바람이 없을 것 같은 미사를 드렸다. 미사를 마치고 우리 일행은 거기서 가까운 곳에 살고 있는 친구 집 뒷마당에서 싸가지고 간 김밥과 샌드위치를 커피와 함께 맛있게 먹고 돌아왔다. 돌아오는 길 자동차 안에서 기도하는 사람도 있고, 담소를 나누는 이도 있었는데 그 중 가장 닮고 싶은 사람이 있었다. 그 한 사람은 언제 보아도 말을 아끼는 사람이었다. 늘 만나고 나면 그 사람처럼 말을 줄여야겠다고 마음먹으면서도 누굴 만나던지 헤어지면서 돌아오는 길을 또 말을 많이 하곤 한다.

그날은 기도를 많이 하던 사람, 그 말없는 사람의 남편이 그만 나를 칭찬을 했다. 나와 함께 앞에 앉으신 분과 나누는 대화중 내가 또 잘난 척을 했던 것이다. 그러니까 칭찬을 했을 것이다. 분명 거슬렸을 텐데 나에게 건네는 칭찬을 나는 그만 덜컥 받아먹은 날이다.

자동차를 시내에 두고 함께 떠난 터라 차를 바꾸어 탄 뒤, 내가 아는 어느 분께 전화를 했다. 오늘 점심 먹으면서 나눈 대화를 전한 것이다. 언제나 그렇듯 오해로 시작하여 시끄럽게 말이 이어지는 것을 나는 한 번 더 되짚어 생각나는 말들을 떠들어 댄 것이다. 결국 뒷담화인 것이다. 집에 도착을 할 때까지 떠들면서 나는 당신들보다 분별을 더 잘한다는 내용의 전화를 길게 한 것이다. 집에 거의 도착 할 무렵 등 뒤가 서늘했다.

도착하여 저녁 성찰 중에야 나는 그 사실을 눈치 챈 것이다. 아니 이일이 어찌 된 것일까 짚어 보니 그 칭찬 때문에 그만 고래가 춤을 추듯 어둠의 자식 노릇을 톡톡히 한 것이다. 한동안 누가 칭찬을 하면 정신을 바짝 차리는 습관을 잘 하고 있었는데 오늘은 그만 놓치고 말았다.

　어제 밤 읽은 책도 침묵이요. 물론 다른 내용의 책이었지만, 오늘 닮고 싶은 사람의 좋은 모습도 침묵이었는데 결국 칭찬 때문에 걸려 넘어지고 말았다. 이럴 때는 엄청나게 마음이 아픈데 그래도 이 밤을 넘기지 않고 알아냈다는 것에 위로를 얻는다.

　주님, 오늘도 당신 없이는 안 되는 하루였네요.

아주 귀한 것

오래 전이다. 프란치스코 재속회 2박 3일 년 피정을 위하여 가던 중 마켓을 잠깐 들렸다. 그곳에서 대자를 만났다. 대자는 아주 왜소한 남자와 함께 있었다. 나는 혼자 생각했다. 그 대자도 우리 형제회원이었기에 분명히 피정을 가는 길일 텐데 같이 있는 저 사람 또한 프란치스칸이라 생각했다. 저렇게 선하게 생긴 사람은 프란치스칸으로 안 살아도 될 것 같은데 피정을 가나보다 생각하고 있는데 대자가 말한다.

대모님, 인사하세요. 이번 피정을 지도할 고계영 바오로 신부님입니다. 아~ 사제였구나. 인사를 마치고 우리는 피정 장소로 향했다. 피정이 시작되었는데 그 신부님은 그림을 그리면서 각 사람 안에 하느님의 영이 있는데 절대로 그 영을 다치지 않게 하라고 하셨다. 사람을 미워하되 하느님의 영까지 미워하게 되면 회복이 어렵다 하셨다. 나는 그 피정 뒤에 항상 그 사람의 영까지 미워하지 않으려 애쓴다.

신부님은 누구나가 회계할 기회가 있다는 것이다. 그러면서 들어준 예화를 나는 지금도 기억한다. 제주도 피정에 집에서 일이었다. 아시는 분 부탁으로 하루 피정을 해 주기로 했는데 하루 전날 도착했단다. 피정 지도를 해 줄 사람들은 교도소에서 나와 떠도는 사람들을 돌보는 수사님이 함께 사는 가족이었다.

　도착하여 피정집을 산책하고 있는데 어느 여자 분이 신부님이신가를 물어보더니 자기 이야기를 들어 달라했다. 시작된 이야기는 자기 죄는 종합세트라고 하면서 안 지은 죄가 없더란 것이다. 그 여자 분은 신자도 아니고 신자될 가망도 없는 사람이었다고 한다.

　신부님은 모든 이야기를 듣고 숙소로 들어와 잠을 자고, 다음 날 16인승인지 잘 모르겠지만 차로 함께 하기로 했으니 먼저 차를 타면서 맨 뒷자리로 들어가 모자를 깊숙이 쓰고 비스듬히 앉아 있었다. 사람들이 차곡차곡 탔고 어제 밤 그 여자 분은 문 옆에 앉더니 마이크를 잡고 이야기를 했다.

　여러분 내가 노래를 하나 하고 싶습니다. 이렇게 말하는 그 여자를 보고 신부님은 속으로 말했단다. 저 속에서 무슨 노래가 나오겠어. 신부님은 좀 더 눈을 감고 있었다. 그러자 그 여자는 "이 죄인도 용서 받을 수 있나요"

를 하겠습니다. 하며 시작한 성가는 「세상에서 방황할 때」…….

신부님 눈에서 주르륵 눈물이 흘렀다. 그 여자의 계속 이어지는 성가 안에서 신부님은 그냥 흐르는 눈물도 아니고 주체 할 수 없는 울음에 꺼윽꺼윽 울고 있었다. 부끄러움도 모르겠고 얼마를 울었을까 그 울음이 그치고 나서 그 여자를 바라볼 때 그 여자 안에 자리 잡은 하느님의 영을 볼 수 있었다고 했다. 하느님의 영이 건네는 말씀은 누구인가를 회계시키기 위하여 그 여자가 죄 중일 수도 있다는 것이다.

신부님은 당신의 교만 때문에 또 다른 희생자가 있다고 하셨다. 나는 한 생을 살아가면서 띄엄띄엄 오아시스를 마련해 두신 나의 주님께 찬미와 영광을 드린다. 그 후 그 여자 분은 세례성사를 받고 잘 살아내신다는 연락을 친구 수사님을 통해서 들었다고 했다.

나는 지금 누구를 희생 시키고 있는 것은 아닌지 들여다 본다.

나의 탈출기

자고 일어나 눈을 뜨면 내 땅이 보고 싶어 창문 사이로 내다본다. 어제 저녁 자기 전, 마음먹었던 아침 기도를 뒤로 미루고 옷을 주어 입으면서 중얼거린다. "잠깐만 둘러보고 들어올 거야."

한 바퀴 주욱 둘러보고 엎드려 풀을 뽑는다. 그 때 시작하는 농장 일을 아침밥도 거르고 진도를 낸다. 하늘도 보지 못하고 조금 더, 아니 여기까지만 하면서 하던 일은 해가 머리 위로 떠올라 더워서 더 이상 일을 하지 못 할 때까지 지속한다.

이렇게 애플밸리에 있는 내 농장 안에서 나는 새로운 신천지를 만들고 있었다. 내가 사는 농장에는 12월부터 매실 꽃을 피우기 위하여 준비를 한다. 나는 그 꽃봉오리를 쳐다보면서 가마솥 두개를 걸어놓고 콩을 삶아내어 메주를 만든다. 메주를 만들어 말린 다음 하얗게 뜰 때의 그 향은 표현 할 길이 없다.

잘 띄어낸 메주는 소금을 풀어 장을 담근다. 장을 담그고 난 항아리 안에 대추, 고추 그리고 숯을 넣는다. 아침에 항아리 뚜껑을 열고 항아리를 닦아내면서 발효되어가는 장을 보면서 겸손을 청한다. 드디어 하얀 장꽃을 피워낼 때는 내가 엄청난 일이라도 해낸 듯 흥분한다.

드디어 매실꽃이 피어나면서 내 농장은 꽃향기로 가득하다. 다음 피어나는 잎은 뽕잎이다.

여린 뽕잎을 따서 다섯 번 이상 덖어낸 것은 뽕차로 쓰기도 하고, 뽕잎밥을 지어 양념장으로 비벼 먹으면 이 또한 표현할 길 없는 맛이다.

3월에는 장 담그고, 5월에는 매실 수확하고, 6월에는 오디를 딴다. 틈틈이 EM비누도 만들고 가을에는 대추를 따며 수시로 드나드는 사람들과 우거지도 지져먹었다.

뒷마당에 항아리 100개를 한국 인월 옹기로 들여 놓고 된장 담는 세미나도 했으니 나는 내 농장 안에서 헤어나지 못하고 이 농장에서 영원히 살아 갈 것 같은 착각 속에 있었다.

차지도 덥지도 않은 적당한 신앙생활 안에 안주하고 있는 나를 하느님께서는 흔들기 시작 하셨다. 이대로 계속된다면 내 영혼은 죽어 갈 것이다. 왜냐하면 내 농장이 하느님 위에 자리하고 있었으므로.

나는 남편과 의논했다. 우리가 더 이상 이곳에 머물면

안 되는 이유를 들어가면서 이야기 했지만 듣지 않는다. 나는 먼저 농장을 떠날 준비를 시도했다. 하지만 한 발은 농장에 한 발은 도시에 두고 왔다 갔다를 계속했다.

그렇게 미련을 떠는 나를 바라보시는 하느님께서 탈출시킬 방법을 강행 하신 것이다.

첫째 재앙 : 추수감사절 날이었다. 이곳은 비가 잘 오지 않는 곳이었다. 그날은 어쩐 일인지 눈과 비가 함께 왔다. 비와는 달리 눈은 지붕에 많이 쌓였다가 흘러 내려 지붕이 모두 무너졌다.

몇 년째 지붕이 시원치 않았기에 고쳐 줄 것을 원했지만 남편은 비가 많이 안 오니 괜찮다고 미루던 것이 그만 무너진 것이다. 집 안은 온통 물바다였다. 비는 멈추어서 모두 퍼내고 닦아 내고 청소를 마쳤지만 곰팡이 냄새가 얼마나 지독한지 잠을 잘 수가 없었다. 창문을 열어 몇 개월을 지나자 조금 나아졌다.

둘째재앙 : 농장 나무에 물을 말리다.

여기는 여름 온도가 화씨 100도를 넘나든다. 5월에 매실을 따내고 약간의 가지치기를 마치고 거름 주고 물을 잘 주면 8월에 이미 내년에 열어줄 매실 꽃을 속에 저장

한다고 한다. 나는 도시에서 일을 하다가 금요일 들어와 주말을 농장에서 보내는데 남편은 나무에 물을 주는 자동 시스템의 전기를 뽑아 물을 중단해버렸다. 우물물을 퍼 올리는 전기세가 아까워 나무에 물을 주지 못하게 한 것이다. 그 나무가 말라가는 것을 보면 내 세포가 하나하나가 타는 듯 했다.

싸워도 보고, 달래도 보고 별의별 짓을 다해도 나만 도시로 가면 전기 코드를 뽑는다. 이때는 더 이상 농장에 머물지 말아야 할 것 같다고 마음을 먹는다. 그러나 밤에 물을 준 나무가 싱싱하게 서 있는 아침을 맞이하면 그만 어제의 일은 잊어버린다. 끝내 그때 이후로 우리는 나무에서 열매는 수확할 수는 없었지만 아직 죽지 못해 살아 있는 나무의 모습을 바라보면 미안하고 안쓰럽다.

셋째 재앙 : 천장에서 경주하는 쥐떼

주말에만 집에 오다보니 내가 머무는 집에 쥐가 들어 온 것이다. 아무리 살펴보아도 쥐구멍을 찾을 수가 없었다. 그렇게 몇 주가 지나가자 쥐의 개체수가 엄청 늘어났다. 천장에서 이리 뛰고 저리 뛰기를 수도 없이 하면 나는 이제는 농장을 나가야 한다는 결심을 한다. 그렇게 밤을 새워 수도 없는 계획을 세워 가지만 날이 새고 농장을 내려와 생활을 하다보면 잃어버리기를 여러 차례 거듭했다.

다시 주말이 되어 돌아와 똑같은 것을 겪을 때 나는 인간이기를 포기한 것은 아닌지도 생각해본다. 쥐와 동거를 하면서도 살아내는 내가 죽도록 싫었다.

여러 곳에 고양이를 부탁했고 드디어 어느 날 남편이 쥐구멍을 찾아 막았다고 했다. 드디어 종료된 듯 했다. 한 주말을 잘 보냈다.

넷째 재앙 : 파리 떼

그날은 늦은 금요일 밤에 농장에 돌아왔다. 아주 긴 시간 운전 때문에 서둘러 집에 들어온 나는 화장실로 달려 들어갔다. 화장실 불을 켜고 들어가려는데 벌떼 같은 소리가 나면서 화장실 가득 나비만큼 큰 파리 떼가 일제히 불빛에 날아다닌다.

너무도 놀라 문을 닫고 이게 어떻게 된 건지 생각해보았다. 머리를 싸매고 알아낸 것은 쥐구멍을 막아놓자 그 안에 있던 큰 쥐가 나오지 못하여 썩은 것이다. 집 뒤로 돌아가 방충망을 뜯어내고 창문을 열어 놓고 나는 파리 떼가 있는 화장실 옆방에서 잠을 청해보았다.

다음 날 아침 파리는 창을 통하여 모두 날아갔다. 미국의 파리가 그렇게 큰 건지 난 처음 알았다. 화장실로 들어가 천천히 점검해 보았다. 천장에서 썩은 쥐는 구더기로 변하여 샤워기 접착한 곳이 느슨한 틈으로 파리가 되어 기어 나온 것이다.

지금도 그 순간은 소름이 돋는다.

다섯째 재앙 : 방으로 밀려온 흙뻘

이날도 어김없이 주말에 집을 향하여 들어오고 있다. 이 농장을 정리해야 하는데 남편과 합의점을 못 찾고 있던 중이기에 내가 이 집을 포기해야 살아남겠다는 생각을 하던 중이었다. 도시에 내려가서 좋은 점은? 내 기도의 시간을 낼 수 있다는 것이다. 이곳에서는 농장을 우상 숭배하느라 기도시간을 낼 수가 없었다.

단순하게 살아가려면 포기해야 한다는 것을 알고 있으면서 왜 이리 더딘지 모르겠다. 집에 도착한 나는 역시 방문을 열어본다. 아니 이건 웬 흙더미일까? 어떻게 방 안가득 흙더미가 들어와 있는지 알 수가 없었다.

나중에야 알았지만 폭우가 온 것이다. 18년을 애플밸리에서 살았지만 처음 있는 일이다. 갑자기 쏟아진 빗물에 집 뒤에 약간의 언덕에서 모래가 쓸려 내려와 내 방으로 들어온 것 같은데 어떻게 들어왔는지는 알 길이 없었다. 남편은 모른단다. 당연이 모를 것이다. 알아도 모르고 싶은 것이다. 침대 밑에 가득한 모래는 그냥 두고 역시 그날도 잠을 잤다. 그 밤에 어떠한 행동도 취할 수가 없었으니까.

다음 날 아침 방을 먼저 치우기 전에 밖에 나가 살펴보았다. 벽을 천천히 살펴보니 역시 쥐가 밑으로 구멍을 크게 낸 것이다. 음식 찌꺼기가 모여 있으니 그곳을 파고 드나들었으며 흙더미가 밀려 온 것이다.

이제는 미룰 일이 아니다 싶다. 그래 떠나자. 무얼 가지고 내려가야 하나. 둘러본다. 작은 딸 아이들을 돌보아 주는 나는 딸네 집으로 들어가야 하는 입장인데 가지고 갈 수도 없으니 옷가지나 챙겨볼까 하다가 책장부터 비웠다. 소장하고 싶은 것과 버릴 것과 다른 이들이 필요할 것을 골라가며 내 짐을 비울 차비를 시작했다.

마지막 재앙 : 들러리들

마음은 떠날 준비를 하면서도 주말이면 딸집을 벗어나 내 농장에 오고 싶었다. 나도 숨을 쉴 수 있는 공간이 필요하다는 핑계로 계속되었다. 내가 농장에서 머무는 공간은 여러 사람들이 드나들면서 쓸 수 있는 곳이 있었다. 예전에 세미나도 하고 만남의 장소를 하던 공간이다.

아래층 몸채는 남편이 쓰기로 했고 이 공간은 내가 쓰기로 했는데 남편은 동네 사람들을 데려다가 주중에 그 공간을 사용했다. 나는 여러 번 이야기 했다. 이곳은 사용하지 말라고.

하지만 듣지 않았다. 주말에 청소해놓고 가면 주중에 남자들이 더럽게 사용한 그곳을 나는 더 이상 참아낼 수가 없었다. 드디어 결론을 내렸다. 떠나온 것이다.

농장 안에 바벨탑을 쌓아 가며 미련을 떠는 나를 기어이 끌어내신 것이다.

야훼께서 아델라에게 대답하시다

내 신천지에서 빠져나온 뒤 순순히 순응했는가? 어느때는 잘 했다고 하다가도 한 잠 자고 일어나면 잠이 들지 않는다. 내 생의 전부인데 억울하고 또 억울하고 법적인 대항도 생각한다. 그러기를 몇 달간 지속하던 중 더 이상은 안 되겠다 싶었다. 나는 주님께 담판을 지어야 했다.

내가 하느님의 자식이면 내가 품위 있게 그 치사한 것들에게서 벗어나야지 왜 자꾸 어떤 소식만 들으면 다시 끓어오르고 분노하는지 도와 달라고 울며 기도했다. 그러자 주님은 나에게 '욥기 38장'을 주셨다.

"야훼께서 욥에게 폭풍 속에서 대답하셨다. 부질없는 말로 나의 뜻을 가리는 자가 누구냐? 대장부답게 허리를 묶고 나서라. 나 이제 물을 터인데 알거든 대답해 보아라. 내가 땅의 기초를 놓을 때 너는 어디에 있었느냐?"

나는 여기서 제대로 알아들었다. "내가 기초를 놓을 때 아델라 너는 어디에 있었느냐?"

그렇다. 애플밸리 땅을 지으실 때 나 그곳에 없었고, 하늘과 땅을 지으실 때 나 그곳에 없었으며, 천지 창조를 이루실 때 나 그곳에 없었으니 내 것이라고 주장 할 일이 하나나 없다.

아무것도 내 것이 아니기에 손 털고 훌훌 떠나가리라.

미국에 빈손으로 와 엘리의 도움으로 살지 않았던가. 엘리는 홀연히 떠나고 없는데 나 또한 어느 것에 메이지 않으리라.

파스카(지나가다)

　나는 지나온 것이다. 지나오면서 대속 제물도 있었고 예수님을 만나 구원에 이른다. 우리는 누구나가 지나온다. 그곳을 지나오지 않는다면 구원에 이룰 수 없다. 주님께서는 지름길로 인도하지 않으신다. 왜? 사랑하니까. 이 말을 알아듣지 못하여 참으로 가슴 터지도록 나는 주님을 원망했다. 결국 억지로 끌려나오면서 내 육신은 엉망진창이 되었다. 아니 확신 없이 따라나서면서 늘 뒤를 돌아보느라 헛수고를 했기 때문이니라.

　책 한 권도 들 수 없는 통증 안에서 나는 지금 히죽히죽 웃는다. 내가 하느님의 자식으로 거듭 태어남을 알기에….

　주님, 이제야 고백 합니다. 제가 당신 안에 살았다는 것을. 저는 늘 혼자라고 생각했습니다. 다른 자식들은 많이 사랑하시면서 나만 차별 대우 하신다고 맨날 주님 뒤에서 칭얼댔습니다.

　오늘 하루를 살아내는 시간 안에도 지나감이 있다.

한 달 안에도 지나감이 있을 것이다.

이젠 시간 낭비 하고 싶지 않다.

죽음 이기신 당신을 "마음을 다하고, 목숨을 다하고, 생각을 다하고 힘을 다하여"(마르 12, 30) 살아갈 것입니다.

신과 천국을 이 이상 느낄 수 없다

하느님께서 우리의 죄를 물으신다면 살아남을 자가 없다. 이 나이가 되면서 알겠다. 그래서 나이 드는 것이 좋다.

젊어서 알고 살았다면 좋았겠다 싶어도 사실 젊은 나이에 깨달았다면 교만했으리라. 앞으로 살아갈 날이 얼마인지 나는 모른다. 그렇지만 이 땅에서 천국을 맛보는 지금 아무것도 두려워하지 않는다.

너무 좋아 뛸 일도 없고, 너무 슬퍼 울 일도 없는 지금을 나는 즐긴다.

지난 날 지나온 그 길이 죄 중일 때도 있었다. 그래도 주님께서는 괜찮다 하신다. 내 슬픔이 너무 커서 울 수도 없을 때 내 등 뒤에서 토닥토닥하신다. 주님께서는 내가 있다 하신다.

특히 우리 세대에의 삶은 허전하다고 할 수 있다. 그래도 힘내라고 말하고 싶다. 왜냐하면 지금까지의 삶을 잘 살았다고 토닥이는 주님이 계시기에….

우리는 그렇게 사는 것이 최선인 줄 알았으니까.

나는 분명히 믿는 것이 하나 있다.

농장에서 내려온 뒤 일주일을 아팠다. 일주일 아프고 살았다 싶은 때 친구가 전화를 했다. 나는 이제 모든 걸 포기 했고, 모든 것에서 자유 할 수 있으니 걱정 하지 말라고 했다.

그날 밤 꿈이었다. 거의 새벽 아침경인데 성당 한 단체에서 체험 하러 간 곳이라고 한다. 꿈에 좁게 흐르는 냇가 같은 곳에서 나는 작은 어항에다 금붕어 다섯 마리를 훔쳐 들고 있었다.

같이 간 동료들은 모두 정문을 향해 나가고 있는데 나는 그 큰 체험장에 혼자 있었다. 아무리 감추려 해도 환히 드러나 있어 어찌 할 수가 없었다. 내가 가지고 있으면 남들은 모르지만 그것 때문에 통과 할 수 없으므로 내려놓아야 하는데 내려놓으려 하니 만 천하에 드러나는 게 두려워 나는 땀을 흘리고 쩔쩔매고 있었다.

저 만큼에서 멕시코 젊은 여자가 큰 개를 끌고 내가 도망가지 못하게 감시했다. 그리고 젊은 흑인 청년이 계산기 같은 것을 가지고 내 곁에 오더니 앉으라고 한다.

나는 무서워 떨고 있었지만 훔친 물건은 어느 사이에 내 가방 안에 들어가 있었다. 그 사람은 자꾸 가방 안의 것을 내놓으라 한다.

하는 수 없는 나는 하나씩 꺼내기 시작했다. 그 가방 안에서 꺼내는 것은 포장이 예쁘게 되어 있었다. 큰 것, 작은 것, 직사각형, 정사각형, 수도 없이 포장된 물건이 나오는 것이다. 그 흑인 청년은 건네주는 물건들을 하나하나 스캔하면서 계산이 된 것이란다. 하지만 훔친 물건은 저 밑바닥에 있는데 나는 그것을 알고 있으므로 불안에 떨고 있었다. 언제 내가 포장된 물건을 사 놓았는지 알 수도 없었고 그저 훔친 물건에만 집중하다가 꿈을 깼다. 꿈을 깰 수 있었던 것은 "주님. 자비를 베풀어 주세요." 이 소리 때문이었다. 아마 세 번을 부르짖은 것 같다. 꿈에서 깬 나는 너무 힘을 써서 기운이 없었다.

일어나지도 못하고 꿈을 풀어보려 애를 썼다. 내 나름의 꿈 풀이는 이러하다. 나는 살아있는 모든 것을 좋아한다. 죽어서도 못 버릴 것이다. 꽃, 나무, 열대어 등등 그래서 쉽게 못 버린다는 것이고, 가방 안에 선물 상자는 우리가 살아온 동안 죄도 많았겠지만 알고 베푼 자선도 있을 것이고, 모르고 베푼 자선도 있었으리라. 그 베푼 모든 것을 나의 주님께서는 하나, 하나를 포장해서 두셨다는 것이다.

죄는 주님이 묻지 않으셔도 내가 알고 괴로워하는 것이

다. 그래서 내가 스스로 감옥에서 살고 있는 것이니 하루 빨리 고백성사로 이어지고 나면, 죄를 지을 기회를 피해야 한다고 생각했다.

나는 이 꿈을 공유하고 싶다. 살아오면서 죄만 지은 것이 아니라 선한 일도 했을 테니 걱정하지 말고 본향으로 돌아갈 때까지 함께 하자고.

내가 지침으로 삼고 기억하는 글

– 회계의 삶을 위한 실천적인 사항

"그 누구도,

깊이 새기지 않고 공부만 한다든가,

열의는 없으면서 묵상만 한다든가,

감탄이 없는 탐구만 한다든가,

기쁨을 느끼지 못한 채 계명만 지킨다든가,

신심은 없으면서 활동만 한다든가,

사랑은 없으면서 지식만 갖춘다든가,

하느님께서 지혜를 불어넣어 주시지 않아도

얼마든지 자신에 대해 깨달을 수 있다고

생각하지 않기를 바랍니다."

– 성 보나벤뚜라

문학과의식
2023 산문선

토닥토닥 괜찮아

발행일   2023년 8월 25일

지은이   김 아델라
펴낸이   안혜숙
디자인   임정호

펴낸곳   문학의식사
등록   1992년 8월 8일
등록번호 785-03-01116
주소   인천광역시 강화군 강화읍 남문로 11 숭조회관 201호
            서울 중구 수표로6길 25 501호(서울 사무소)
전화   032.933.3696
이메일   hwaseo582@hanmail.net

값 12,000 원
ISBN 979-11-90121-50-7